Tiara Label

ティアラ文庫

# 愛が重いです、王子様！

## 麗しの男装令嬢はじわじわとオとされる

月神サキ

JN131395

プランタン出版

Contents

※本作品の内容はすべてフィクションです。

# 序　章　これが楽しいのだから仕方ない

「〜♪」

上機嫌で背中まである真っ直ぐな金髪を組紐でひとつに束ねる。数日前、仕立て上がったばかりのジャケットに袖を通せば、更に気分は上がった。薄い布を使って胸を潰しているので多少呼吸は苦しいが、それもまあ慣れたもの。あとは白手袋を嵌めて、インヒールのシークレットブーツを履き、身長を嵩増しすれば完成。

鏡を覗き込めば、中性的で華奢な身体つきではあるが、甘いマスクが魅力的な男性が映っていた。

「ふむ」

軽く前髪を掻き上げる。少し垂れた紫色の瞳が露になった。

母譲りの瞳の色は自分でもかなり気に入っているパーツのひとつだ。左目の下には泣きぼくろがあり、なんとも言えぬ色香を放っている。

「――ああ、今日も私は完璧だな」

自画自賛する。ナルシストと言われようが、そんな自分が好きなのだからしょうがない。

少し低めの声は、最初は意識して出していたが、今は男装すれば自然に切り替わる。

男装。

そう、私はれっきとした女性なのだ。とてもそうは見えないだろうけど。

ステッキを持ち、帽子を被りながら口の端を吊り上げる。

「さて、今日もお嬢様方とイチャイチャするために、夜会へ出掛けるとしますか」

足取りも軽く、馬車へと乗り込む。他人が聞けばおかしいと言うのかもしれないけれど、
これが私の日常で、そして幸せな日々なのだ。

◇◇◇

「こんばんは。良い夜だね、ご令嬢方」

知り合いの公爵邸で開かれた今夜の夜会。

ダンスホールに顔を出すと、すぐに顔見知りの令嬢たちに囲まれた。着飾った女性たちはそれぞれがまるで宝石のように美しく、見ているだけで楽しい気持ちになってくる。

「アレク様、お待ちしておりましたわ！　あなたにお会いするのを楽しみにしていたんです！」

「はあ……いつ見ても麗しいお姿。心が浄化されるようですわ。あら、アレク様。もしかして燕尾服を新調なさいましたの？　とてもよくお似合いですわ」

「ああ、実はそうなんだ」

黄色い声を上げてうっとりとこちらを見つめる令嬢たちにとっておきの笑みを浮かべる。褒めてもらえるのは嬉しいいし、自尊心が擽られる。全くもって最高だ。

「お褒めの言葉ありがとう。……おや、リザ嬢は少し前髪を切ったのかな。とてもよく似合っているよ。レイラ嬢は……ああ、化粧を変えたのか。そのアイシャドウの色、君の大人っぽい雰囲気にぴったりだ。更に魅力的になって、困ってしまうな」

声を掛けてくれたふたりの女性、それぞれに目を合わせ、前回夜会で見た時とは違う点を告げる。私が気づいたことが嬉しかったのか、ふたりの令嬢は頬を染めた。

前髪のことを指摘した令嬢――リザ嬢が潤んだ目で私を見る。私が元々身長が高めなのと、インヒールの靴を履いているため、かなり見上げる形となった。

「あ、ありがとうございます。そ、その……前髪を切ったのはほんの少しですのに、よくお気づきになられましたわね……嬉しい……」

「当たり前だよ。気づかない方がおかしいくらいだ。――ほら、全然違うじゃないか」

「そんな風に言って下さるのは、アレク様だけですわ。……私の婚約者は全く気づいてくれませんでしたのに……」

その時のことを思い出したのか、リザ嬢が表情を曇らせる。彼女を元気づけようと、すっと顎を指で掬った。

「そんな悲しいことを言わないで。キャアという声が周囲から上がる。

「そんな悲しいことを言わないで。君の婚約者、もしかしたら気づいていたけど恥ずかしくて口にできなかっただけかもしれないじゃないか。だって君はとても魅力的な女性だからね。見惚れて何も言えなくなる気持ちもよく分かるんだ。だからあまり気に病まない方がいい。可愛い顔が愁いに沈むのは見たくないな」

「アレク様……」

「笑って？　ね、リザ嬢」

目を合わせ、優しく微笑めば、リザ嬢は顔をリンゴのように赤くして頷いた。

「は、はい……その……アレク様、ありがとうございます」

「うん？　どうしてお礼を言うのかな。私はただ当たり前のことを言っただけだよ」

「……素敵」

リザ嬢だけでなく、レイラ嬢も、そしていつの間にか集まってきていた他の大勢の令嬢たちもうっとりとしたため息を吐く。

皆から陶酔しきった様子で見つめられ、心地よさに全身がゾクゾクした。

――ああ、これだから止められない。

少し離れた場所から男性たちが親の敵でも見るような目を向けてきたが、華麗に無視した。

どうせ女性たちに囲まれ、チヤホヤされる私のことが羨ましいだけだと分かっている。

悔しいのなら、私と同じようにすればいいのに。

何もしない自分のことを棚に上げて人を妬むような男に興味はない。

興が乗ったので、私を睨む男性たちに煽ることは承知の上で余裕たっぷりに笑ってみせた。より一層強く睨めつけられたが、構うものか。男の嫉妬になど付き合っていられない。見苦しいだけだ。

「アレク様？」

「いや、なんでもない」

可愛いドレスを着た令嬢が、不思議そうに私の名前を呼ぶ。

アレクというのは、私のミドルネームで、男装している時はそう呼んでもらっているのだ。

声を掛けてきた令嬢が、今まで見たことがないドレスを着ていることに気づき、反射で口を開いた。

「おや、君、ドレスを新調したのかな？　淡い色合いがとても良いな。それにその首飾りの宝石は深い海を思い出す。まるで君の瞳のようだよ」

瞳と同色の首飾りも一緒に褒めれば、令嬢は頬を染めて喜んだ。可愛らしい反応にこちらも嬉しくなる。

性愛対象というわけではないが、とにかく私は昔から女性が好きなのだ。いつだって自分や好きな人のために可愛くなろう、綺麗になろうとする女性が愛おしく思えて仕方ない。チヤホヤしたいし、されたい。そしてそのために、この男装はとても役に立っていた。

何せ私に男装姿はよく似合うから。

元々私は、男か女か分かりにくい中性的で綺麗系の顔立ちだった。女性にしては背も高めで胸は控えめ。シークレットブーツを履き、胸は布か何かで巻いて潰してしまえば誤魔化せる。髪は背中まで伸ばしているが、長髪の男性だって少なくない。ひとつに纏めてしまえば殆ど違和感もないのだ。

そんな私が男性用の燕尾服に身を包み、ちょっと笑顔を見せればどうなるか。

ミステリアスさが魅力の、綺麗系でスマートな貴族令息があっという間にできあがる。

そして男装した私は、それはもう女性たちにモテた。

当たり前だろう。だって私は女性なのだ。彼女たちが何を褒めて欲しいのか、どこに気づいて欲しいのか、全部分かっている。

更にこの外見だ。男装した私は彼女たちにはとても魅力的に映るようで、ありがたいことに毎回大勢の女性に囲まれている。

あと、私が本当は女性だということも、彼女たちにとってはプラス要素になるらしい。本物の男性ではないから、貞操の危機を感じる必要もない。恋人や夫がいる女性だって、浮気、なんて言われる心配もないので遠慮なくキャアキャア言い放題だ。更に私は彼女たちの恋バナを聞くのも好きだった。つまりは、恋愛相談ができるのも彼女たちにはポイントが高かったのだ。

実際に女性たちから相談を受けて助言をしたのも一度や二度のことではない。

恋をする女性たちは皆可愛らしく、その手助けをするのは私の楽しみのひとつでもある。だから彼女たちの悩みにはいつだって快く応じてきた。

女性たちに囲まれ、楽しく過ごす毎日。それを私はこよなく愛している。

——ああ、やっぱり男装は止められない。

男装姿は自分にピタリと嵌まるように似合うし、令嬢たちにはチヤホヤされるしで、止める理由が見つからない。

嫌々？　とんでもない。積極的に男装生活を送っているに決まっているではないか。

もう、ずっとこのままで良いかなと思うくらいには、今の生活が馴染んでいるのだ。

まあ、両親は嘆いているけれども。

毎度男装して夜会に出向くせいで、恋人どころか婚約者のひとりもできない私を、両親は心から案じている。だが、私としては別に、というところだ。

私には兄がいるし、その兄はすでに結婚して子供もいる。公爵家の跡取り問題は解決しているのだ。私が嫁がなくても問題ない。

だからどうか今の日々が続くようにというのが、私の切なる願いだ。

ミーシャ・アレク・フィリング、二十歳。

性別、女。

趣味は男装。そして、可愛い女の子とイチャイチャすること。

本来なら公爵令嬢として華々しく夜会で輝くはずの私は、社交界にデビューしておよそ二年。

なんと一度も皆にドレス姿を見せることなく、それどころか毎回夜会に趣味の男装姿で現れては女性を侍らせる女として、いつの間にかとても有名になっていた。

# 第一章　私の邪魔をしないで

「やあ、ご令嬢方、こんばんは。今日も皆、可愛いな」

ある日の侯爵邸で開かれた夜会。そこに私はいつも通り男装姿で出席していた。

光沢のある黒のジャケットは着慣れたものだ。背筋を伸ばした方が見栄えがするので、姿勢に気をつけつつ、女性たちと話す。

綺麗に着飾った女性たちは満開の花の上で踊る蝶のように魅力的で、実に目の保養になる。

——はー……皆、可愛い。

流行のドレスや靴に身を包み、大胆に髪を結い上げた女性たちを楽しく眺める。最近はキラキラしたメイクが流行なのか、首元や胸元に光の加減で輝くパウダーを落としている子たちが多い。ウエストをキュッと締める今の流行は女性たちには大変だろうが、皆、可能な限り細く見えるよう頑張っている。そういうお洒落に一生懸命な子を眺めるのが私は大好きなのだ。

「アレク様こそ、今日もとても麗しいですわ」

「ありがとう。でも、君たちには負けるよ」

「あの……私と踊っていただいても？」

もじもじと恥ずかしがりながらも期待の目を向けてくる令嬢に、自然と笑みが零れる。

「もちろんだとも。光栄だな……あ、いや、失礼。こちらから誘うべきだった。ご令嬢、よろしければ私と一曲踊っていただけますか？」

作法に則り、手を差し出すと、令嬢は耳まで真っ赤にしながら私の手を取った。

可愛い。

女性のこういう素直で可愛らしいところを見ると、心がキュンとする。元気がもらえる気がするのだ。

一曲、しっかりエスコートさせてもらってから、彼女の手を離す。壁際に下がると、すぐに別の令嬢たちが私を取り囲んだ。

「アレク様。つ、次は是非私と踊って下さいませ……！」

「いいえ、私と」

必死にアピールしてくる女性たちに快く頷く。女性をエスコートするのは楽しいし、そのためにダンスの男性パートだって完璧に覚えた。私に隙はないのだ。

踊りたいと言った女性たちと一曲ずつ相手をしてから、ワイングラスを手に、近くの柱にもたれかかった。先ほどとは違う令嬢たちが近づいてくる。困ったような顔をしていることに気づき、こちらから声を掛けた。

「どうしたのかな？　愁い顔を浮かべて。可愛い君たちにそんな顔は似合わない。何か心配事があるのなら、私に話してごらん」

優しく告げると、彼女たちはあからさまにホッとした顔をした。

「あ、あの……アレク様、じ、実は私たち、ご相談したいことがあるのですけど……話を聞いていただいても？」

「もちろん大歓迎だ。君たちの話を是非聞かせて欲しい」

「そ、その……私、付き合っている人がいるのですけど……」

「へえ、それは素晴らしい。それで？」

どうやら今度は恋愛相談らしい。楽しくなりそうだと思いながら、令嬢たちの話に耳を傾ける。彼女たちは、相手との出会いから仲良くなった経緯などを話し始めた。

女性の長い話が苦手という男性も中にはいるが、私は全く気にならない。それは私も女性というところもあるし、可愛い女の子が一生懸命話している姿を見ていれば退屈になんてならないからだ。相談者の話に時折相槌を打ちながら、私はニコニコと可愛い女の子たちを眺めていた。

◇◇◇

夜会に参加して二時間ほどが過ぎた頃だろうか。恋愛相談も終わり、女の子たちと気楽なお喋りを楽しんでいたところに、突然声を掛けられた。

「――ねえ」

男性の声音だと気づき、そちらを向く。

珍しいこともあるものだと思っていた。

何せ基本、男性は私には近づかない。女が男装して女を侍らせているというのが気に入らないらしく、遠巻きにしていることが殆どなのだ。たまに文句を言ってくるような小物もいるけど、そういうのは相手にしないことにしている。時間の無駄だからだ。

最近はその手の男性も減ってきて、平和な日々を送っていたのに、難儀なものだ。いや、それだけ私がモテているという証拠。スマートに追い返せばいいだけのことと気を取り直した。

「はい、何かご用でしょうか」

我ながら完璧と思える笑みを浮かべながら、返事をした。もちろん男性モードは崩さない。男装している時に『女性』を見せるような真似はしたくないからだ。中途半端は格好悪い。やるのなら徹底的に。それが私のモットーなのだ。

「？」

声を掛けてきたのは、初めて見る人だった。

琥珀《こはく》色の瞳にまず目がいく。柔らかくウェーブしたアッシュ色の髪が美しかった。襟足と前髪が少し長めだが、だらしない感じはしない。むしろその人物をより魅力的に見せる手助けとなっていた。

整った男らしい容貌に目を見張る。浮かべられた表情には絶対の自信が漲っており、彼が自己肯定力の高い人物であることが窺えた。シークレットブーツを履いた私よりも背が高い。身体つきは男性としては平均的ではあるが、立ち姿が非常に美しい人だった。私も日頃から気をつけているだけにその姿勢の良さに惚れ惚れしてしまう。

着ている燕尾服の生地を見た。パッと見て分かるほどの高級品が使われている。ちらりと靴に目を向けると、こちらもちょっとやそっとでは手が出ない、希少動物の皮が使われたものだった。しかも王家と公爵家としか付き合いのない靴屋の製品だ。刻印が入っているから間違いない。これで少なくとも彼が公爵家以上の家柄であることが分かった。

「あの……」

「ヴィンセント・ニコル・ウォーレニア。この国の王太子だよ。二週間ほど前、隣国から帰ってきたばかりなんだけど、知らない？」

「……失礼致しました、ヴィンセント殿下」

名前を聞き、即座に頭を下げた。

ヴィンセント王子のことはもちろん知っている。

我が国、ウォーレニア王国の王太子。

今年、二十五歳となる彼は、二年ほど前に外国文化を学ぶためにと隣国へ旅立ったのだ。ウォーレニアは平和な国で、ここ数百年は戦争もない。今は武よりも学問に重きを置いていて、王子の留学は見聞を広めるためという理由もあった。

彼が留学したのは、私が社交界デビューする直前。今の今まで出会う機会もなかったので、恥ずかしながら顔を見ても分からなかったのだ。

「顔を上げていいよ」

許しが出たので、頭を上げる。ヴィンセント王子がしげしげと私の顔を見つめてきた。

「殿下？」

「いや、君の顔、見たことないと思ってね。……うーん、私よりも女性を侍らせている男がいるからどんな奴なのか顔を見てやろうと思ったんだけど……記憶にないなあ」

柔らかな話し方には好感が持てる。キツい物言いをする男性は実は苦手だったから、ホッとした。

王国の王子に対して失礼にならないよう気をつけながら口を開く。

「なるほど。ですがそれは当然かと。私が社交界にデビューしたのは二年前で、殿下が留学された直後ですから。殿下にはお初にお目にかかります」

「そうなの？　……ってことは君、二十歳？」

「はい」

「へえ、見えないなあ。もう少し上かと思ったよ。で、君の名前は？」

「申し遅れました。私、ミーシャ・アレク・フィリングと申します」

いくら男装しているとはいえ、初対面の王子相手に『アレク』と名乗るような無礼な真似はしない。

それに私が男装を好む女であることは、王子以外のほぼ全員が知っているのだ。今更隠すようなことでもないと、私は大人しくフルネームを告げた。

王子がキョトンとした顔で私を見る。

「……ミーシャ？　今、君、ミーシャって名乗った？」

「はい」

そういう反応をされるだろうなと思ったので驚きはしない。笑みを浮かべて頷くと、王子は目を大きく見開いた。そうして確かめるように聞いてくる。

「あのさ……一応確認だけど、ミーシャって女性の名前だよね。ええと、『アレク・ミーシャ・フィリング』の間違いじゃないの？」

「違いますね」

苦笑しつつ否定する。

我が国ウォーレニアの王侯貴族には、皆、ミドルネームをつける決まりがある。それも女性なら男性の名前。男性なら女性の名前をつけるという風に決まっているのだ。

それは昔からの風習で、どうしてそういう名付けをするようになったかはすでに忘れ去られているのだが、ミドルネームの慣習だけは長く現在まで残っていた。

つまり、私が男装時に名乗っている『アレク』は男性の名前で間違っていないし、それが私の名前だということに嘘はないのだ。

「……」

ヴィンセント王子が絶句し、私を凝視する。そうして恐る恐る尋ねてきた。

「もしかしなくても……君、女性？」

「はい。フィリング公爵家の娘です」

肯定すると、王子は目を瞬かせ、信じられないという風に首を横に振った。

「嘘でしょ。男性に見えるんだけど……！」

「それは光栄ですね」

女性に対して、男性に見えると言えば完全な侮辱発言になるが、それは私には当てはまらない。何せ私は日々、完璧な男性であろうと努力しているのだ。彼の今の発言はその努力が認められたことを意味するわけで、むしろ私は上機嫌になった。

だが王子は信じられないようで、更に私に聞いてくる。

「えっ……なんで……女性なのに男装？　……誰かに強制されてるとか……？　フィリング公爵ってそういう人だったっけ？」

「いいえ、これはれっきとした私の趣味です。誰かに無理やり……なんて話はありませんのでご心配なく」

「そ、そう……それなら良かった……って、全然よくないんだけど!?」

「ふふ、殿下は面白い方なんですね」

目を見開き叫ぶ王子にそう告げると、彼は憮然とした顔をした。

「そんなこと初めて言われたよ」

「そうですか？」

「うん。それに誰が見ても、君の方が面白いからね？　趣味で男装なんて……しかもものすごく似合っているし……ええ？　女性だって分かっても、男性に見えるんだけど……どういうこと？　何かのトリック？」

目をゴシゴシと擦る王子に私は悠然と答えた。

「そう見えるよう努力していますから。男に見えないと困ります」

返事をすると、それまで傍観していた令嬢たちが口々に私を援護し始めた。

「ヴィンセント殿下、アレク様はとても素敵な方ですのよ。私たち、皆、この方のファンなのです」

「アレク様は男とか女とか、そんなくだらない括りで縛られるような御方ではないのです」

「ええ、その通りですわ」

「アレク様は私たちの癒やしで、生きる活力。アレク様と共に過ごすこの時間を、私たちはとても楽しみにしておりますの」

告げてくれる言葉はどれも私にとって嬉しいものばかりで、自然と口角が上がっていく。

私は目を細めて彼女たちに言った。

「ありがとう。私も皆とこうして過ごせる時間を、とても愛おしく思っているよ」

「……あのさ、その歯が浮きそうな台詞、なんなの」

心から告げた言葉だったのだが、何故か王子は己の身体を抱きしめ、震え上がった。その様子に首を傾げる。

「何かおかしいですか？」

「……うわあ、おかしいって自覚がないんだ。こわっ」

「失礼な方ですね。これが私の平常運転ですけど」

「えっ……それ、本気で言ってる？」

「はい」

嘘だろ、みたいな目で私を見てくる王子。とても失礼である。

しかしいつまで経っても王子はこの場を去ろうとしない。私を見にくるという用事は終わったのだからさっさと元いた場所に戻ってくればいいのに、帰る気配すら見えなかった。

「……他にご用件でも？」

「うん？　いや、別にないけど。え、私がここにいては駄目？」

「いえ……それは構わないのですが……」

嘘だ。本当はすごく構うし、できれば今すぐどこかへ行って欲しい。

だって王子はとても顔が良いのだ。格好良いという言葉がぴったり嵌まる彼に、先ほどから私の周囲にいる令嬢たちは見惚れまくっている。

気持ちは分かるが、こちらとしてはせっかく築き上げたハーレムに水を差された気分である。

――せっかく、女の子たちと楽しく過ごしていたのに……！

邪魔をしないで欲しい。

だが王子相手にそんなことを言えるはずもない。どうぞどうぞいくらでもいて下さいと答えるしかないのだ。

顔を引き攣らせる私の心も知らず、王子がにこやかに言う。

「良かった。いや、俄然君に興味が湧いてね。女性なのに男装をして楽しんでいるという君。その素顔を見てみたいなって思ったんだよ」

「……そうですか。私の素顔など見たところで何も面白くないと思いますが」

どうやら王子の興味を引いてしまったと気づき、舌打ちをしたくなった。

物好きな男装令嬢など放っておけば良いのに、私みたいなのが珍しいのかグイグイくる。

実に鬱陶しい。

「君のその『男』の仮面を剝いだら、どんな姿を見せてくれるのかな。君みたいな女性は、隣国にもいなかったよ。君のような楽しい女性がいるって知ってたら、きっと私は留学なんてしなかっただろうな。二年も君という存在を知らなかったなんて損をした気分だよ」

「……そうですか」

心底残念そうに言われ、脱力した。

別に彼が厭味で言っているわけではないと気づいたからである。悪意や揶揄《からか》いで言われたのならもう少し何か返してやろうかとも思ったが、彼は私を揶揄うつもりも、馬鹿にするつもりもない。本心から言っている。それが彼の言葉から伝わってくる。

――調子狂うなあ。

こんな時、どう対処すればいいのか分からない。

分からないまま時間は過ぎ、結局最後まで王子から離れられず夜会は終わった。

◇◇◇

屋敷に戻り、燕尾服から部屋着に着替えた私はベッドに突っ伏した。

ちょっと尋常ではないくらいに疲れている。それは何故かと言えば、もちろんあの王子が原因だ。

ヴィンセント王子。

彼が興味本位で声を掛けてきたどころか、そのあとずっと私に張りついていたおかげで、女の子との楽しいお喋りも存分にできず、私はかなりの消化不良を起こしていたのだ。

「すっごく疲れたわ……」

「うう……もっと女の子とイチャイチャしたかったのに……！」

私の予定では、女の子たちと一緒に夜の庭園を散歩したり、彼女たちの楽しい恋バナを聞いたり、うっとりとした視線を向けられたりといった素敵な時間を過ごすはずだったのだ。それが途中で登場したヴィンセント王子に邪魔されたせいで頓挫。これが悔しくなくてなんだというのだろう。

「もう最悪。どうして私の邪魔をするのよ。私にかまけなくても、他にいくらでもいるでしょうに」

ヴィンセント王子の顔を思い出す。

中性的な顔立ちの私とは違い、綺麗ではあるが格好良いという表現がぴったりの男性だった。仕草も洗練されていて、彼が動くたびに自然と目が追ってしまう。すごく存在感があった。なるほど、次代の国王と言われて納得できるような人物だったと思う。

「あれだけ顔が良くて更には次代の国王。何もしなくても女性はたくさん寄ってくるんだから、私のところには来ないで欲しい……ライバルはいらないのよ」

今日のやるせない気持ちをぶつけるようにダンダンとベッドを叩く。

「大体、仮面を剝ぎ取りたいってなんなの！　男装している私が『アレク』の仮面を取るわけないでしょ。ばーか、ばーか！」

言いたいだけ言って、ため息を吐いた。

後ろに纏めていた髪を解き、立ち上がる。

今、私が着ているのは、女性ものの部屋着だ。

身体をあまり締めつけない柔らかな素材でできたその服は私のお気に入り。

別に私は男性になりたいわけでも女性であることを厭っているわけでもないので、『アレク』をしていない時は普通に女性の格好をしている。もちろん言葉遣いだってそうだ。

あれは『アレク』だからしているだけのこと。『ミーシャ』な私は、あんな風には喋らない。

こう言うと、まるで二重人格か何かのようだが決してそういうわけではなく、どちらかと言うと芝居をしている感覚の方が近い。男装時は『アレク』という人物を演じている、ただそれだけなのだ。そしてそれが楽しくて堪らない。

自分とは全く違う人格に性別。そんな自分を認めてくれる可愛い女の子たち。

他に何か必要だろうか。否。何も必要ない。

世界はこれで十分すぎるほど完結している。

「ま、一度見れば興味も尽きたでしょう。物珍しかっただけ。次からは無視だろうし、そうすれば今まで通りの生活が戻ってくる。気にする必要なし！」

王子が私に興味を抱いたのは、男装して夜会に参加している私が珍しかったから、ただそれだけだ。その欲求も、私という実際の人物と話したことで解消されたと思う。

「めでたし、めでたし！」

これで終わり。ジ・エンドだ。私と王子の関係は終了。

自分で言ってとても納得した私は、それならそれで良いかとそれ以上気にすることを止めた。

「……と思っていたのに……！」

現実とは、時にとても残酷であることをまざまざと思い知らされた。

ギリィと唇を噛む。

あまりのむごさに、涙が零れそうだ。……いや、本当に。

「へえ、本当に毎回男装しているんだね。今日も君の男装は完璧だ。分かっていても惚れ惚れするよ」

「……ははは、それはどうも」

最早乾いた笑いしか出てこない。

平然と私の隣を陣取るのは、前回の夜会で私の邪魔をしまくってくれたヴィンセント王子。

今夜こそは楽しく女の子たちと遊ぶぞと気合いを入れてやってきた夜会。そこに到着するや否や、出迎えたのは女の子ではなく、ニコニコと笑う彼だったのだ。

正直に言って、絶望した。

「やあ、遅かったね。待っていたんだよ」

「……ヴィンセント殿下？」

どうして彼が私に声を掛けてくるのか。完全に想定外だった私は、目を丸くして王子を見た。

「ええと、どなたかとお間違えでは？」

どう見ても私に声を掛けているが、万が一……いや、億が一の確率で誰かと間違えている可能性もある。

一縷《いちる》の望みを託し、そう問いかけると、彼は不思議そうな顔をした。

「何を言っているの？　君を待っていたに決まっているでしょう」

「……お約束はしていませんよね？」

次の夜会で会おう、なんて話をした覚えはない。何故当たり前のような顔をして私を待っていたのか。意味が分からないと思いながらも尋ねれば、彼は笑った。とても綺麗な笑みだった。

「うん。していないね。でもそれが何か？　君と話したいと思って待っているのは駄目だったかな？」

「……いえ、光栄です」

王子から『話したい』と言われて、それ以外どう答えられただろう。前回に引き続き今回も声を掛けられるとはなんという不運と心の中で舌打ちしていると、令嬢たちがそわそわと集まってきた。

そうしてとても嬉しそうな様子でキャアキャアとはしゃぎ始める。

「まあ、今夜も殿下とアレク様のおふたりが揃ったところを見られるなんて！　眼福ですわ」

「本当。前回も目の保養だと思っていたのです。おふたりって、タイプの違う美形でしょう？　どちらを見ても楽しくって」

「ねえ？」

……ねえじゃない。

目を輝かせる令嬢たちはとても可愛らしく、私の心を温めてくれたが、王子とセット扱いされたことだけは不満だった。

——私は、女の子を独り占めしたいのに!!

心の中で地団駄を踏みつつも、笑みを浮かべる。並んでいるからこそ王子には負けられないと思っていた。

「殿下と並べられるとは光栄というか……恐れ多いな」

「まあ、アレク様ってば」

令嬢たちはウフフととても楽しそうだが、こちらは全然楽しくない。

だが、王子まで笑って言った。

「謙遜することはないよ。正直、君ほど女性を侍らせている人を、私以外に見たことないからね。だから気になったのだし」

「……それはどうも」

――チッ。

本気で舌打ちしたくなった。

私以外にとあっさり言い切ってしまう辺り、王子は自分の魅力をきっちり理解しているのだろう。実際、王子がいるおかげか、心なしかいつもよりも女性たちの集まりが良い気がする。

王子と私。ふたりいれば、夜会にいる女性を集めることなど造作もないだろうが……申し訳ないが私はそういうのは求めていないのだ。

王子の存在ははっきり言って邪魔でしかない。

――早くどこかに行ってくれないかな。

遠い目になりながらも、仕方なく王子と会話をする。

我慢、我慢だ。きっとすぐに飽きてくれる。

深呼吸をし、自分に言い聞かせていると、王子がとてもいい顔をしながら言った。

「実は君という存在がすっかり気になってしまってね。元々私は好奇心旺盛というか、興味を持つと、とことん突き詰めたくなる性分なんだよ。そして今、私が一番知りたいと思っているのが君のこと。だから今夜の夜会もすごく楽しみにしていたんだ」

「……は？」

顔から表情がこそげ落ちた気がした。真顔になる私を余所に、王子は楽しげに話を続ける。

「まずは君という人がどういう人物なのかもっとよく知りたい。そこらの男よりよほどモテるであろう君が本当はどんな人なのか、何を考えているのか、興味が尽きないんだ」

「……」

──嘘でしょ。どうしてこんなことになったの？

王子の声が弾んでいることに気づき、泣きたくなった。

これはもう間違いない。私の何がそんなにお気に召したのかは知らないが、私の何かしらが彼の心の琴線に触れてしまったとしか思えない。

「あ、あの……殿下？」

ふるふると震えながらも手を伸ばす。止めて、という気持ちでいっぱいだった。

だが王子は私の気持ちも知らず、平然と言い放った。

「これからしばらく君の側にいて、君という人を観察させてもらうよ。構わないよね？」

──絶対に嫌。

反射的にキレそうになったが、寸前で堪えた。

落ち着け、私。

相手は王子だ。

断固拒否するという言葉をなんとか気合いだけで呑み込み、顔を引き攣らせながらも頷く。

「……ご随意に」

王族相手にそれ以外、何が言えただろう。

「良かった。君ならきっとそう言ってくれると思っていたんだよ」

こちらが断れないと分かっていたくせに、そんなことを言ってくる王子が憎い。

――最悪。私の趣味が……！

女の子たちに囲まれて楽しく過ごすという私の唯一の楽しみが封じられた瞬間だった。

何せこの王子が隣にいて、今まで通り女の子たちと話せるわけがない。

『アレク』として接してはいるが、男性には聞かせられない女性同士ならではの話題になることも多いのだ。それは私が実際には女性であるからこそ可能な話で。

令嬢たちもそこは私と同じように残念に思ってくれているようで、少し困ったような顔をしている。だが、それよりも王子と私をセットで見られる方がいいという結論に達したのか、笑顔でこんなことを言い出した。

「まあ！　殿下とアレク様が並ばれるところをこれからも見られるなんて、嬉しいですわ」

「本当に。ふふ、私たちも一緒にお話を聞かせてもらっても構いませんか？」

令嬢たちの言葉に、王子は気前よく頷いた。

「私は構わないよ。何せお邪魔させてもらうのは私の方だからね。君はどうだい？」

「……私は別に。彼女たちに隠すようなことは何もありませんから」

実際、王子とふたりきりで過ごすより、令嬢たちも一緒にいてくれた方が百倍マシだと思う。本心から告げると、王子は彼女たちに笑いかけた。

「だそうだよ。良かったね」

私には決してできない雄みのある笑い方に、令嬢たちが分かりやすく反応する。

「きゃあ！」

――くっ。よくも私の取り巻きを魅了してくれたな……！

嫉妬は見苦しいと分かってはいるが、自分の時よりも明らかに良い反応をされれば気にもなるのだ。

――きっとすぐに飽きる。飽きてくれるはず。だから少し我慢すればいい。

拳を握りしめ、必死に自分に言い聞かせる。

だが私の願いは叶えられることはなく、それから半年が過ぎても彼が私の側から離れることはなかった。

◇◇◇

「ああ！　もう、本当に鬱陶しい!!　いい加減にして欲しいわ！」

王子に付き纏われる夜会にストレスが溜まり、そろそろ耐えきれないと思い始めたある日の午後、私は屋敷の中庭でひとりお茶をしていた。

部屋に籠もっていても苛々するだけ。それよりは外の風にでも当たった方がマシかなと思ったのである。

だがお茶をしていても、脳裏に浮かぶのはあのヴィンセント王子の憎たらしい顔ばかりで、苛々はマシになるどころか酷くなる一方。

当然、お茶を楽しむ余裕などあるわけがなかった。

「ヴィンセント王子……彼のせいで全然夜会が楽しめない……」

白い陶磁器のカップをソーサーに戻し、悔しさに嘆く。

毎回、毎回、夜会が開かれるたびにどこからともなく現れる王子。その出現率は今のところ百パーセントだ。

今日こそはと意気込んで招かれた夜会へ行くと、いつだって笑顔の彼が待ち受けているのだから嫌になる。今や彼の顔を見ただけで、全てのやる気がこそげ落ちていく勢いだ。

というか、次はどこの夜会に行くなんて一度も教えていないのに、毎回ばっちり当ててくる王子が怖すぎる。

「なんなの。どうして私の行く夜会が分かるの……」

思わず頭を抱えてしまう。

週末に行われることの多い夜会。それは別に一カ所で行われているわけではない。多い時では同じ日に五カ所くらいで開催されていたりするのだ。もちろん私は公爵家の令嬢なので、行くのはそれなりに爵位が高い家の夜会か王家主催のものになるし、王子もそれは同じなのだろうが……それにしたって、全部の夜会で遭遇するとか普通はあり得ない。

絶対に事前に調べて来ているとしか思えない遭遇率だ。

「たまには外してくれればいいのに……毎回、毎回、女の子と話すのを邪魔されて、もう限界。あー！　誰か私に癒やしを！　女の子と話したいーー！」

うがーと叫び声を上げる。近くに控えていたメイドがギョッとした顔で私を見たが構うものか。いい加減、私のこの溜まりに溜まったストレスをどうにかしないと倒れてしまう。

「ううう……殿下も殿下だわ。私にばっかり話しかけないで、女の子たちとも少しくらい話せばいいのに……」

実はこれもストレスの要因のひとつとなっていた。

何せ彼は私に興味があると言った通り、基本的に私にしか話しかけない。

食べ物は何が好きかとか、どんな本を好むかとか、私の情報を集めているのは分かるのだが、側にいる令嬢たちを完全にスルーするのは如何なものか。

私としては、女の子たちを無視するとかあり得ないと思うので、何かと彼女たちに話しかけるのだが、王子はそれも気に入らないようで「君は私と話しているんじゃないの？」とムッとしながら邪魔をしてくる始末。

それに対しては全力で抗議したい。

――私は殿下と話したいんじゃない。女の子とイチャイチャしたくて夜会に来てるの！

そう叫べたらどれほど良かったことか。

相手が王族というだけで、黙るしかなくなる身分社会が恨めしい。

更にはご令嬢方も王子の味方のようで、私が声を掛けても「殿下とお話し中なのですよね。私たちのことはお気になさらず、殿下を優先なさって下さい」と、むしろ王子と話すよう勧められる始末だった。

私は彼女たちを大いに優先したいというのに、酷い話である。

「あー……私の安寧の地はどこにあるのかしら……」

げっそりとした気持ちで項垂れる。この日々がこれからも続くと思うと、本当にうんざりだ。なんのために毎回頑張って男装しているのか、分からなくなってしまう。

すっかり冷めてしまった紅茶を口に含む。このなんとも言えない温度感が今の私の気持ちとリンクしているようで辛かった。

心なしか胃も軋んでいるような、そんな気がする。

「ううう……ううう……」

「お嬢様」

テーブルに突っ伏し嘆いていると、メイドが声を掛けてきた。のろのろと身体を起こす。

「何かしら」

「お客様がお見えになっておられます」

「お客様？」

首を傾げた。

はて、今日は来客があるなんて一言も聞いていないのだけれど。

「どなたがいらっしゃったの？」

父の客だろうか。それなら挨拶のひとつくらいしなければと思っていると、メイドは淡々ととんでもない人物の名前を告げた。

「ヴィンセント殿下です」

「……は？」

思いもしなかった名前に目を見開く。聞き返されたと勘違いしたメイドはご丁寧にもう一度言った。

「ヴィンセント殿下がお見えです」

「……」

何かの間違いかと言いたかったが、メイドの顔を見てそれはないと理解した。そして、すでにこちらに歩いてきているアッシュ色の髪の青年が見えている。あれはヴィンセント王子だ。この半年、毎週のように見続けたのだから見間違いようもない。彼を案内しているのは我が家の家令だった。

「……」

呆然としたが、すぐさま椅子から立ち上がった。王子が来ているのに、ひとりだけ座っているなど許されるわけがない。

王子はまだ私に気づいていないようで、にこにこと人の良さそうな笑みを浮かべて歩いていた。その目がふと私を映す。これ以上ないほど大きく見開かれた。

「えっ……？」

「ごきげんよう、ヴィンセント殿下。昼にお会いするのはこれが初めてですね。わざわざ私を訪ねていらしたと聞きましたが、どのようなご用件でしょうか」

ドレスの裾を持ち、正式な礼を取る。王子を連れてきた家令が一礼して去って行った。

視界の隅にメイドが王子の席を用意しているのが見える。せっかくひとりで楽しんでいた茶席が、みるみるうちにふたり用のものへと変えられていくのが分かり、嘆息した。

王子を見れば、彼は私を凝視したまま身動きひとつしない。その耳が赤く染まっているように見えた。

「……殿下？」

いい加減何か言って欲しいと思い呼びかけると、王子はハッとしたように目を瞬かせた。驚くほど大きな声で言う。

「き、君は女性の格好が嫌いなんじゃないのか⁉」

「え？　いつ私がそんなことを言いましたか。男装は趣味だと申し上げたでしょう。屋敷内では女性の格好をしていますよ。見せる相手がいないのに男装する意味はありませんからね」

うるさいなと片耳を塞ぎながらも王子の疑問に答える。

今日の私は、身体の線にピタリと沿うタイプのドレスを着ていた。もちろん化粧もしているし、髪はハーフアップに結い上げ、それなりに高さのあるヒールを履いている。

今の私を見て、男性だと言う者はひとりもいないだろう。『アレク』の時とは全くの別人。そう言われてもまあ、そうだろうなとしか思わない。

「私のこの格好がお気に召さないとおっしゃるのでしたら、少しお待たせすることにはなりますが、男装して参りますが……」

彼が『アレク』に会いにきたというのなら、それに合わせることは吝かではない。

ミーシャもアレクもどちらも私だからだ。

だが、私の言葉を聞いた王子は慌てたように首を横に振った。

「ち、違う！　そんなことは一言も言っていない！」

る。

「はあ……そうですか」

男装するにはそれなりに準備と時間がいるので、着替えなくていいと言われたのは助かる。

とりあえず立ったままというのは良くないだろうと思った私は、メイドの準備が整ったことを確認し、王子に言った。

「どうぞ、よろしければお座り下さい。僭越ながら、お茶の準備をさせていただきましたので」

「あ、うん……」

衝撃覚めやらぬという様子ではあったが、王子は返事をし、勧めた席へと腰掛けた。私も彼に続き、自席に座る。メイドがお茶を注ぎ、意味ありげに笑うとスキップをしかねない勢いで離れて行った。絶対に妙な勘違いをしている。王子が訪ねてきたことは間違いなく両親に報告されるだろうし、変な期待を掛けられなければ良いけれど。

男装好きな私に浮いた話ひとつないことを、屋敷の者は皆気にしているのだ。この間も偶然、「このままではお嬢様が行き遅れに……どうしましょう」とメイドたちが嘆いているのを聞いてしまった。心配してくれているのは分かるが、私はどうでもいいと思っているので、頼むから落ち着いて欲しい。

「そ、その……」

無言でお茶を飲んでいると、王子が意を決したように話しかけてきた。目に力が籠もっており、彼が真剣であることが分かる。

「はい。なんでしょうか」

「遅くなってしまったけど、その、君の着ているドレス、とてもよく似合っているよ。……こういう言い方をして気を悪くさせてしまうかもだけど、私はいつもの君より今の君の方が好きだなって思う。なんというか自然だし……綺麗だ」

「ありがとうございます」

素直に礼を告げると、驚いたような顔をされた。

「褒めてもいいの？」

「？　もちろんです。先ほども申し上げたでしょう。男装は趣味なだけだと。女性の姿を厭っているわけではありませんから、褒めていただけるのは普通に嬉しいですよ」

「そうなんだ……」

「美しいドレスも流行の化粧も、綺麗な宝石だって好きだなと思います。女の子たちから今の流行を聞いて、今度自分で実践しようと思うこともよくありますしね。ほら、今日も……ここ、艶々しているでしょう？　今、こういうのが流行っているそうですよ」

己の唇を指さす。

令嬢たちに聞いたのだが、最近はグロスと呼ばれる化粧品を塗るのが流行っているのだとか。

唇に艶を出すことで、より魅力的に見えるようになるという話で、今日は試しにつけてみたのだ。透明感のある赤色は確かに可愛いと思えたし、テンションが上がる。

私の言葉を聞き、唇に視線を移した王子が、何故か突然真っ赤になった。

「えっ……あっ……うんっ……」

「どうなさいました？」

「な、なんでもない。……あ、赤いなって思って」

「？　はあ。赤いグロスを塗っているのですから、赤いのは当然だと思いますけど」

怪訝な顔で見つめると、王子は見事に挙動不審になった。

「そ、そうだね！　何を言っているんだろう、私は」

「本当ですね」

顔を赤くした王子は、仕切り直すように咳払いをした。

「ご、ごめん。ちょっと破壊力がすごくて……」

「破壊力？」

「気にしないでいいよ。こっちの話だから」

自己完結したのか、うんうんとひとり頷くヴィンセント王子。彼は数回深呼吸をしてから私に話しかけてきた。

「ごめん。落ち着いた」

「はあ、それは良かったです」

「君があんまりにも綺麗すぎるから。その……普段見ている男装とのギャップに驚かされたというか、一瞬、別人かと思ったよ」

まだ若干赤い顔をしたまま王子が苦笑する。参ったという気持ちが伝わってきて、思わず笑ってしまった。

「ふふ、それは光栄ですね。そのくらいの気持ちでやっていますから。男装時はできるだけ女性だと意識されないように努めています」

「どうしてそこまでするの？　ただの趣味なんでしょう？」

「中途半端って一番格好悪くないですか？　やるならとことん完璧にと思っています。私なりの拘りですね」

変な襤褸《ぼろ》を出して、女の子たちに幻滅されるとか絶対にごめんだ。彼女たちにチヤホヤしてもらうためにも、男装は完璧でないといけないのである。そうしてできあがった『アレク』が私は大好きなのだ。

「自分が好きでやっていることですから突き詰めたいと思うのかもしれませんね」

「そういうものなのかな。ええと、あのさ、ひとつ聞いてもいい？」

「良いですよ」

彼の言葉に頷く。

ようやく本題に入ってくれるのかと内心ホッとしていた。

何せ、約束もなしにいきなりやってきたのだ。一体なんの用なのか、気にならない方がおかしいだろう。

「ええと、君の恋愛対象ってさ……」

「？　男性ですけど。それが何か？」

言いづらそうに口にした王子に首を傾げながらも答える。

はて、彼はそんなことを聞くためにわざわざ私の屋敷まで来たのか。

意味が分からないと本気で思ったのだが、私の回答を聞いた王子は何故か目をキラキラと輝かせ嬉しそうだ。

「男性？　本当に!?」

「はい。勘違いする方も確かにいますけど、私の恋愛対象は男性ですよ。何度も言っている通り、男装は趣味でしかないのですから」

女性は好きだが、そもそも好きの種類が違う。

私の好きは、愛でたいの好きなのだ。

「う……それは聞いているし覚えているけどさ、実際の君を見てると、女の子たちにしか興味がないように思えるから……」

「実際、興味があるのは女性です。だって、可愛いじゃないですか。むさ苦しい男性を見るより、綺麗で可愛い女の子を見ている方が楽しいって思うのはおかしいですか？」

「その気持ちは分かるけど……」

「それに、そこらの男性より私の方が格好良いでしょう？　興味なんて抱けませんよ。自分を見て欲しいと言うのなら、せめてもう少し身なりと言動に気を遣ってもらってから言って欲しいと思いますね。あと、男たちのあの欲の滲んだ目！　正直吐き気がします。可愛い女の子と戯れている方が百倍楽しいじゃないですか。比べるまでもないですね」

ズバリ告げると、王子は大きなため息を吐いた。

「……否定できない。いやでも、好きな子に対して欲を抱くなっていうのは無理な話だと思うんだよ。そこを責められるのはね、さすがに気の毒じゃないかな」

「別にそれは否定しませんよ。女性側にだって、好きな人に抱かれたいという気持ちはありますからね。でもまあ……そうですね。分かりやすく言えば、性愛対象は男性ですが、好きな人はいないってことです。そしてわざわざ自分から探そうとも思わない。それくらいなら、可愛い女の子たちと戯れる方が私には優先順位が高いんだと、そう思ってくれれば間違いないですよ」

「勿体ないなあ」

私の話を聞いた王子がしみじみと告げる。

「勿体ない、ですか?」

「うん。だって君はとても魅力的な女性だと思うから。恋愛も楽しいと思うよ?」

「それはご令嬢方の話を聞いていても思いますが、私は別に。だって私は男装してるような女ですよ?　まず出会いがありません」

出会いと女の子を天秤に掛けるのなら、断然女の子なので、男装を止める気はさらさらない。大体私は結婚自体、とうに諦めている……というかどうでもいいので、女性の格好に戻る必要性を感じないのだ。

「ええと、聞いても良いのかな。婚約者とかは?　君は公爵家のご令嬢だろう?　普通はいると思うんだけど」

尤もすぎる疑問には乾いた笑いしか出ない。

確かに普通の公爵令嬢には婚約者がいるものなのだ。だが――。

「別に良いですよ。聞かれて困るような話でもありませんし。婚約者でしたっけ?　普通ならいるでしょうね。でも私は普通ではないので。皆様曰く、男装が気に入らない。更に言うなら、自分よりモテるような女はもっとごめんだそうですよ。そんなこと言ってくる男、こちらからお断りです」

過去の婚約者候補たちを思い出し、シッシッと追い払うように手を振る。

「……婚約者、いないんだ」

何故か妙に嬉しそうに王子が確認してきた。私がモテないのがそんなに楽しいのか。ちょっとムッとした。

確かに女性の私は男性に人気がないかもしれないが、男装すれば彼らよりもモテる自信はある。私の男装は完璧なのだ。

「いませんよ。今言った通りですので。お父様はやきもきしていらっしゃるようですが、私には兄がいて、その兄はもう結婚して子供もいますから。公爵家は安泰だし、私が売れ残っても許されるかなと最近では思っています」

「へえ……そっか、いないのか。……ふふ、良かった」

心底嬉しそうに言われ、腹が立った。気にしていないとは言ったが、他人から改めて指摘されると苛つくものなのだ。

「……何が良いんですか。いやまあ、別に良いと言えば確かにどうでも良いんですけど」

「そういう意味じゃないよ」

「じゃあ、どういう意味なんです」

「さあ」

王子はクスクスと嬉しそうに笑い、上機嫌でお茶を飲んだ。

首を傾げながら私もカップを手に取る。お茶を飲もうとして、そういえばと思った。

これはまたとないチャンス。せっかく王子がここにいるのだ。他に誰も聞いていないことだし、これ以上夜会でちょっかいを掛けてくるのは勘弁して欲しいと言えばいい。

いい加減、私の趣味の妨げになる真似は止めて欲しいのだ。これは直接文句を言える良い機会。そう思った私は早速と思い、口を開いた。

「殿下」

「ん、何？」

「殿下とお近づきになって、そろそろ半年が過ぎています。この間、殿下にはずいぶんと親しくしていただきました」

文句を言うと決めても、最低限口の利き方には気をつけなければならない。何せ、相手は王子なのだから。

私は細心の注意を払いながら、彼に語りかけた。王子も気を悪くした様子はないようで、うんうんと頷いている。

「そうだね。君とはずいぶん親しくなったと思う。君は楽しい人だから興味が尽きないんだよ」

「私の何が殿下のお気に召したのかは存じませんが、もう半年です。そろそろ良い頃合いだとは思いませんか？」

「ん？　どういう意味かな？」

分からないという顔をする王子に、私は笑みを浮かべたまま彼に言った。

「そろそろ私を解放してはいただけないかということです。半年も経てば、私に対する疑問も消え失せたかと。毎回、私が参加する夜会に突撃する必要はなくなったと思うのですが」

私の話になんら矛盾はない。むしろ正論だと思う。

半年、ほぼ毎週のように私の出席する夜会に現れまくったのだ。そしてその間、ずっと私の側に居続けた。私がどういう人間なのか、もう十分すぎるほど分かったと思う。

だが、王子は良い顔をしなかった。それどころか不快だと一目で分かるように眉を寄せる。

「え……どうして君から離れないといけないの」

「それは今説明したと思いますけど」

「君に関する疑問がなくなったから……だったっけ？　誰がいつ、そんなこと言った？　むしろ私は興味は尽きないと発言したばかりだと思うけど」

「……それは」

確かにそんなことも聞いたが、こちらとしては王子が飽きるまで付き合い続けるつもりはないのだ。何故なら私がもう限界だから。

女の子成分が足りない。女の子とイチャイチャしたい。話したい。恋バナを聞いて、ウキウキした気持ちになりたい。

これらを満たすためには、王子に退場いただくより他はないのだ。

覚悟を決めた私は、少々失礼になるとは分かってはいつもはっきりと言った。

「……これはあまり言いたくなかったのですが、分かって下さらないので言いますね。殿下はね、邪魔なんです。殿下のせいで私はこの半年、碌に女の子と話せていないんですよ。正直辛いんです。勘弁して下さい」

心からの本音だったのだが、王子は全然分かっていないようで懐疑的な表情を浮かべている。

「女の子と話せてない？　そんなことないよね。だって私たちの周りにはいつも女性がいるし、その子たちに君は親しげに話しかけているじゃないか。私のことを無視してさ」

「無視していませんし、あんな上辺だけの会話、話しているうちに入りませんよ。とにかく！　殿下は邪魔なんです！　いい加減私を構うのは止めて下さいませんか」

「うわ、邪魔って言った。しかも二度目」

「うるさいですね。実際邪魔なんですから仕方ないじゃないですか！」

一度言ってしまえば、もういいやという気持ちにもなる。私はすっかり開き直って王子に言った。

「殿下、邪魔です」

「四回目！　うわ、酷いな。傷つくよ」

「傷つくような神経があれば、とっくに私を慮って離れて下さっていると思うんですけどね」

「えー、だって君みたいな人、周りにいないんだよ。だから楽しくって」

「きっと探せばいるはずです。よく周りを見渡してみて下さい。ほら、あなたを求めている人がそこにもあそこにも。はい、ハッピーエンド、めでたしめでたし。そういうことですので、私からは離れて下さいね。よろしくお願いします」

「……前から思っていたんだけど、君、私に対する態度が大分、雑だよね」

「……申し訳ありません」

否定できなかったので目を逸らした。彼が世継ぎの王子ということは分かっているのだけれど、私にとっては女の子との楽しい時間を邪魔する存在という認識でしかない。

「その件につきましては謝りますけど……でも、そろそろ勘弁して欲しいというのは本音なんです。それに殿下だって私から離れた方がいいというのは分かっていらっしゃるでしょう？　男装を好む妙な女に殿下が近づくこと、お付きの方たちは良い顔をしていないと思うんですよ」

一度や二度なら、まあ面白がっているだけだろうでスルーしてもらえるだろうが、半年続くとなると話は別。自分を卑下するわけではないが、向こうからしてみれば、男装で夜会に現れるような女に王子が興味を示し続けるのは面白くない……というか、そろそろ離れろとお達しが来てもおかしくないと思う。

「君は公爵家の令嬢じゃないか。私が付き合いを持つ人物として、不足があるとは思わないけど？」

「不足しかないんですよね。……ねえ殿下、分かっておっしゃっているでしょう？」

じとっと睨むと、輝く笑顔で返された。その笑顔のまま言う。

「分かった。じゃあこうしよう。私とデートしてよ。そうしたら、君が望む通り、邪魔をするのは止めることにする」

「は？」

――デート？

一体何を言い出すのかと、思わず王子の顔を凝視してしまった。王子はニコニコと読めない顔をしている。

「あ、あの……？」

「だから、デート。まる一日、私と付き合ってデートしてくれって話。簡単でしょ」

「……」

どこが簡単なものか。

思いきり渋い顔になった私は王子に言った。

「却下です」

「ええ？　なんで？」

「なんでも何も、少し考えれば分かることでしょう。私は皆の前では『アレク』でいたいんですよ。男性としてありたいんです。それが殿下とデートなんてしてるところを見られたら……うわ、無理。想像だけでも耐えられません。大体、私とデートしたって何も楽しくないと思います。ですから却下。考えるまでもありませんね」

少々冷たいかなとは思ったが、ここは譲れなかった。

もし男性とデートなんてして、私を知っている誰かに見られたら？　間違いなく乙女の夢を壊してしまうではないか。そういう真似はしたくない。

私は皆の前では完璧な『アレク』でありたいのだ。『ミーシャ』な私は必要ない。

だが王子は全く納得してくれていないようで、ぶうぶうと文句を言っている。

「どうして楽しくないって決めつけるの。私はこんなに君とデートしたいって言ってるのに」

「私と？　冗談でしょう」

「冗談でデートの誘いなんて掛けないよ」

「冗談にしか聞こえませんけどね」

肩を竦めてそう言うと、彼は心底不思議そうな顔をした。

「どうして？　君は魅力的な女性だ。そんな君とデートしたいって思って何がおかしい？

私はミーシャとデートがしたいんだよ」

「へ……」

ふと響いた、己の名前に動きが止まる。動揺する私に王子は更に言った。

「聞こえなかったのならもう一度言おうか？　私はミーシャとデートがしたい」

「な……な……」

二度目の響きに勝手に顔が赤くなっていく。

何せ今や家族以外に私を名前で呼ぶような存在はいないのだ。王子だって私のことをずっと『君』と呼んでいたし……あれ、そういえば、彼は一度も男装している私のことを『アレク』とは呼ばなかったな……。

なんだか気づいてはいけないことに気づいてしまいそうだと察した私は、慌てて己の考えを振り払った。

「と、とにかく！　私はデートなんてしません！　大体、殿下は今日、一体なんの用事でここに来られたんですか。全然その話をしていませんよね!?」

話を逸らしたと思われそうだが、それはそれで気になっていたのだ。

用件は何かと尋ねると、彼は首を傾げ、「ああ、忘れてた」と思い出したようにぽんと手を叩いた。

「私たちの付き合いもそろそろ半年を超える。だからいい加減、『殿下』でなくて名前で呼んで欲しいとお願いにきたんだよ。私にはヴィンセントという名前があるのだからね」

「名前……？」

「そう。親しくなれば当然だろう？　私も今まで君をどう呼べばいいものかと考えあぐねていたんだけど、今日、その姿の君を見て決めたよ。私は君を『ミーシャ』と呼びたいってね。もしかしたら君は『アレク』と呼んで欲しかったのかもしれないけれど、私にとって君は女性なんだって気がついたから……」

そう言いながらこちらを見つめてくる目は酷く優しかった。その中には甘さまで混じっているような気がして、言葉が出ない。

「え……あの」

「だからこれからは君のことをミーシャと呼ばせて欲しい。それで、私の名前についてなんだけど、実はその件についてお願いがあって」

「お願い……ですか。なん……でしょう」

頭が上手く回らない。完全に思考が止まっていた。

王子は何故かもじもじと恥ずかしげに身体を揺らし、そうして期待するような顔で私を見た。

「最初はヴィンセントと呼んでもらおうと思っていたんだけどさ。今はそんな気分じゃなくて……できればヴィンスと愛称で呼んで欲しいなって、そんな風に思うんだよね」

「無理ですっ!!」

立ち上がり、ばんっとテーブルを両手で叩く。

即座に否定の声が出た。声がひっくり返ったが知るものか。

世継ぎの王子を愛称呼び？　普通に無理だ。

「できません。不可能です。あり得ません。知りません。無理無理無理、無理ですっ!!」

「えー、そんなことないよ。だって私がお願いしているんだからさ。ほら、ちょっと練習してみようか。ヴィンスって……うーん、できれば呼び捨てで呼んで欲しいなあ」

「何、さらっと更に高度な我が儘を言ってるんです!?　勘弁して下さいよ!!　殿下、殿下、殿下！　殿下!!　もうずっと殿下で大丈夫です!!」

「嫌だ。名前で呼んでよ。私も君のこと、ミーシャって呼ぶんだから」

「私のことに関しては、どうぞお好きになさって下さい。ですが私は、殿下と呼ばせていただきます。よろしいですね？」

「え、だから嫌だってば」

「よろしいですね!?」

「嫌」

語尾にハートでもついているのかと言いたくなるほど、いい声で王子が言う。

「そんなに嫌がられると、絶対に呼ばせてやろうって逆に思っちゃうよね」

「なんですか。嫌がらせですか。王子ともあろうお方が嫌がらせ？　止めて下さい。陛下が悲しまれますよ」

「私の父は、むしろ愛称で呼ばせたいくらいの女性がいると知れば、喜ぶと思うけど。あ、ミーシャのこと、父に紹介するね」

「っ!!　止めて下さい!!」

己の口から声にならない悲鳴が出た。

国王に認識されるとか絶対にごめんだ。しかも息子が愛称呼びさせたがっている女として紹介される？　その後、私という存在を調べられたら男装趣味の物好き女と知られるわけだ。国王陛下に。

——無理無理、絶対に無理!!

この趣味を恥ずかしいと思っているわけではないが、国王に知られたいとは思わない。当たり前だろう。

「なんですか……なんでそんな嫌がらせを……酷い……私が一体何をしたと言うんです」

「そこまで嫌がらなくても。んー、じゃあ、父上に言うのは止めておくよ。その代わり、名前では呼んでね」

「……は……はあ？」

あまりにも酷い交換条件に目を見張った。

父親に言いつけないから、代わりに名前を呼べ？　何が恐ろしいって、それが交換条件として成立できてしまうところだ。

「……」

ぶるぶると震える私に王子が機嫌良く言う。

「私は別にどちらでも構わないよ。父上も私が熱心に夜会に通う理由が気になるようで、最近探りを入れてきているし、私も冗談で君に話しかけているわけじゃないからね。できれば父に君という存在を認識してもらいたいと――」

「名前ですね！　名前！　はい、分かりました!!　呼びましょう！　呼ばせて下さい！是非ともに!!」

渋っていると判断されたのか、恐ろしいことを言い始めた。パンパンッと手を叩く。

王子は疑わしげな様子だったが、涙目になっている私を見て、どうやら納得してくれたようだった。ああ、良かった。

ホッとする私に更なる凶器が投げ落とされる。

「あ、一応言っておくけど、名前って愛称のことだからね？　ヴィンスってそう呼んでくれるんだよね？」

「……うぐっ」

「父上に言おうかな～」

「呼びます！　呼びますから!!」

私の反応を完全に面白がっている。いや、面白いのだろうなとは思うけれど。

今までこんな風に私と関わってきた人はいないから、戸惑ってしまう。

とはいえ、本気で嫌なわけではない。

言葉に親しみが込められているのは分かっているので、チクショウとは思うが、それ以上は思わないのだ。すごく疲れるのは本当だけど。

あと、今まで私と関わってきた男性とは、王子は根本的に違うと思う。

彼らは皆、棘のある言葉を投げつけてきたり私を馬鹿にした表情で見てくるか、あとは嫉妬の視線を向けてくるだけだったから。

きちんと私と関わってくれているという意味では、王子が初めてで、なんだか不思議な感覚だった。

自分の感情に戸惑っていると、ウキウキと王子が話しかけてくる。

「じゃあ、呼んでみてよ。ヴィンスって」

――いきなりか。

心の準備をする暇も与えられないのかと絶望しつつも、私は口を開いた。

「……ヴィン……あの、やっぱりまずは普通にお名前からということにしません？　世の中、順序って大事だと思うんですよね。名前でしばらく呼んでから、愛称にステップアップ。それが良いと思うんですよ」

呼んでみようとして、あまりの照れくささに言葉が止まった。

やはり愛称呼びなど私にはレベルが高すぎたのだ。

考えてみれば、女性以外を愛称呼びなどしたことがない。そんな私がいきなり王子を愛称で呼ぶとか、少々無謀だと思う。

だが王子は容赦なかった。

「駄目」

「で、でも……」

「当人がそう呼ばれたいと言っているんだから問題ないでしょ。それに君が頷いたことだよ」

「ぐう……」

その通りすぎて、言い返すこともできない。

しばらく「うぐぐ」と意味もなく呻き、逃げられないと観念した私は、特大のため息を吐いてから、意を決して口を開いた。

「……ヴィンス……殿下」

「あ、良い感じだね！　うん。できればその殿下というのも取ってもらいたいけど。もう一声！」

そう言われるだろうことは分かっていた。

そして私がいくら無理だと言ったところで聞き入れてもらえないだろうことも、なんとなくではあるが理解していた私は諦めの気持ちで再度彼の名前を呼んだ。

「……ヴィンス。これで良いですか？」

「っ……！　もう一回呼んで」

顔を輝かせ、王子――ヴィンスがこちらを見てくる。その声音は跳ねていて、彼が喜んでいるのが伝わってくる。

――え、こんなことで？　私に愛称で呼ばれたことがそんなに嬉しいの？

意味が分からない。

だが彼はニコニコと嬉しげで、私にもっとと要求してくる。戸惑いを抱きつつも、私はもう一度口を開いた。

「ヴィンス」

「うん。もう一回」

「ヴィンス」

「いいね。もう一度聞きたいな」

「……しつこいですよ、ヴィンス」

「……なあに、ミーシャ。あ、デート、いつにする？」

「しません！」

予想外に返された言葉に真っ赤になる。

どうにも恥ずかしくて堪らなくなった私は、我慢できずその場で叫んだ。

「ああもう！　約束通りお呼びしましたよ！　だからもう、お願いだから今日は帰って下さい!!　私は恥ずかしいんです!!」

顔を真っ赤にして叫んだ私をヴィンスは驚いたように見つめていたが、すぐに相好を崩した。

「いいよ。君から愛称で呼んでもらえたからね。今日は大人しく帰ってあげる。だけど次に会った時もちゃんと呼んでよ？　でないと許さないから」

そう一方的に告げ、優雅な仕草で茶席から立ち上がった。そうして私が望んだ通り、実にあっさりと背を向ける。

「じゃあね。今日は楽しかったよ」

「……」

「また会えるのを楽しみにしてる」

ヴィンスの姿が遠ざかっていく。

「……はああああああ」

彼の姿が完全に見えなくなったのを確認してから、私は思いきり息を吐き出した。それと同時にドッと重たい疲れが襲ってくる。頭が痛い。こめかみがズキズキと痛みを訴えていた。

「愛称呼びとか……どうしてこんなことになったのかしら」

本当に意味が分からない。そして少しずつ落ち着いてくると、勢いのままヴィンスを追い払ったことが申し訳なかったかなとも思えてくる。

「ちょっと……悪かったかしら」

いくら恥ずかしかったとはいえ、王子に対してあまりに失礼な態度だったかもしれない。

だけど、仕方ないとも思うのだ。

だって名前呼びもそうだけど、私にデートしようなんて言った男性は彼が初めてだったから。

色んなことが重なり、羞恥が爆発したのだと分かっていた。

ポツリと言葉を零す。

「……デートだって。そんなのできるわけないのにね」

そう、自分で決めたのだ。

ミーシャとして過ごすのは、屋敷の中、もしくは男装の私を知らない人しかいない場所だけにしよう、と。

だって私はアレクとして過ごす方が楽しいのだから。

あれがアレクの正体だと、ガッカリさせる方が嫌だと思ってしまうから。

「……でも、デートかあ。誘い方はあれだけど……初めて誘われたわ」

ミーシャと名前を呼んで、デートに誘ってくれた。

それはまるで女性として見てもらえたような気がして――正直に言えば、少し嬉しかったのだ。

そう思ったところでハッとした。パンッと両手で己の頬を叩く。

「っ！　駄目駄目、変なこと、考えないの!!」

妙な思考に入っていた。

ヴィンス相手に嬉しいとか、意味が分からない。あれは散々私の趣味を邪魔してきた男だというのに。大体、彼が何を考えているのかすら摑めないのだ。そんな相手に不毛な感情を抱いたところでどうしようもないだろう。

「ええ、そうよ」

私のことを揶揄っているとか馬鹿にしているとか、そういうのではないとは分かっているけれども。

だけど、ある意味それだけ分かっていれば十分かもしれないとも思ってしまう。自業自得だけれども、男装してからというもの、私を真っ直ぐに見てくれる男の人なんていなくなってしまったから――って。

「ああまた！　その話はなしっ！　考えては駄目なんだってっ！」

また思考がヴィンスのことに戻ってしまった。忘れたいと思うのに、すぐに気持ちがそちらに傾いてしまう。

「駄目駄目……落ち着かないと」

私は急いで己の考えを打ち消し、少しでも平常心を取り戻すべくお茶のおかわりをメイドに頼むことに決めた。

# 第二章　不本意ではあるけれど、嬉しいし楽しい

ヴィンスが突撃してきた日から二週間ほどが経った。

今日はお待ちかねの夜会がある。

いつも通り男装姿に身を包んだ私は、足取りも軽く夜会会場に向かっていた。

「今日も女の子たちと話せるかな」

これは朗報なのだが、なんと前回の夜会に彼は現れなかったのだ。

そんなことは彼と知り合ってから初めてでびっくりしたのだが、すぐに察した。

彼はきっと目的を達したのだ。

屋敷までわざわざ私を訪ねてきて、愛称呼びまでさせたことで、彼の長く続いた好奇心がついに満たされたのだろう。それはとても良いことだし、女の子たちと話すのに邪魔をされないというのは久々で、私は涙が出るほど嬉しかった。

ちょっと寂しいなんて思ったことは気づかないふりだ。

毎回、あの王子の顔を見ていたから、それがないことに違和感を抱いてしまっただけの話。二、三回こういうことが続けば、すぐに彼がいない日々にも慣れ親しんでいくだろう。

そういうものだ。

とにかく、前回ヴィンスが夜会に来なかったことですっかり気を抜いていた私は、会場に足を踏み入れた瞬間現れた顔に咄嗟に反応できなかった。

「や、ミーシャ」

「……」

「あれ？　どうしたの？」

驚きのあまりその場で硬直するしかない私に、ヴィンスが不思議そうな顔で問いかけてくる。

私は混乱しながらも口を開いた。

「ど、どどどど」

「ど？　どがどうかしたの？」

混乱が過ぎたのか、まともな言葉にならなかった。とりあえず落ち着こうと深呼吸をし、改めてヴィンスに話しかける。

「……失礼しました。その、どうしてここにいらっしゃるんですか？」

「どうして？　え、君が来る夜会だからだけど？　んん？　別にいつものことだよね。わざわざ確認するようなこと？」

「前回の夜会にいらっしゃらなかったから……」

そろそろと告げると、彼は思い当たったような顔で頷いた。

「ああ！　あれね。どうしても外せない用事があってさ、断腸の思いで休んだんだ。え、何。もしかして私がいなくて寂しかったとか？　嘘！　嬉しい！　ごめんね。今度から行けない時は君に連絡することにするよ。本当にごめん。気が利かなかったね。いや、私としたことがうっかり」

「連絡とか要りませんから」

すんっと真顔になる。

別に約束しているわけでもないのに、連絡などもらってどうしろというのか。渋面を作った私に、ヴィンスが上機嫌に言う。

「あー、でもそうか。それだけ君が私に馴染んでくれたってことだよね。えー、でも、それってすごく嬉しいんだけど」

「馴染んでいません」

「否定することないじゃないか。半年以上一緒にいるんだからそんな風に思うのも当たり前だと思うし」

「当たり前ではありませんし、私としてはようやく飽きて下さったのかと喜んでいたところだったのですが」

「は？　何言ってるの。飽きるわけないじゃない」

「……へ」

「飽きないよ」

眉を寄せ、否定された。

「君みたいに興味深い人に飽きるなんてあり得ない。むしろより一層、君を知りたくなってるんだけど」

「……ええええええ」

思わずこめかみを指で押さえてしまった。どうやら私の希望は泡と消えたと知り、ため息が止まらない。

「あの、殿下……」

「ヴィンス」

「え？」

顔を上げる。金色の目が私を見つめていた。その目が咎めるようにすっと細まる。

「ヴィンス、だよ。ミーシャ。もう忘れちゃった？」

笑顔ではあるが、隠しきれない圧力を感じ、私は顔を引き攣らせた。

非常に遺憾だと思いつつも、その音を口にする。

「……ヴィンス」

「うん、それでいい。で、何かな？」

こてん、と首を傾げるヴィンス。格好良いくせにそういう仕草まで似合うとはどういうことだ。格好良いくせに可愛いとかずるいと思う。

「あの、確認させていただきたいのですが。前回はご予定があって、来られなかっただけ。ヴィンスは今後も私の行く夜会に顔を見せるつもりだと、そういう話で間違ってはいませんでしょうか。私の邪魔をし続けると、そういう話、ですよね？」

「その通りだけど、何か？」

「……」

――おおう。

絶望しかない答えが返ってきて眩暈がしそうになる。

当たり前のような顔をして肯定してくるヴィンスを締め上げてやりたい。そんな風に思っていると、彼はいけしゃあしゃあと言ってのけた。

「言ったでしょう。私に邪魔して欲しくなかったら、デートをしてって。この条件を変える気はないよ。どうしても私が邪魔だって言うのなら、私とデートをすればいい。簡単でしょ？」

「簡単ではありませんし、絶対にしません」

「じゃ、諦めるしかないね。ご愁傷様」

「……」

「次回の夜会も楽しみだねえ」

苦虫を噛み潰したような顔になってしまった。だけど仕方ないだろう。デートの話をされてから二週間も経っているし、相手は自分に飽きたのだろうと思っていたのだから。

あんな交換条件すっかり忘れていた……というかまだその話は続いていたのかというのが本音だった。

「……ほ、他の条件では」

「嫌だね」

ノータイムで返事がきた。

「私はミーシャとデートしたい。他の条件なんてないし、受けつけない」

「くぅ……」

「絶対に退かないから」

一歩も譲らないという顔をするヴィンスに、これは駄目だと察した私は、仕方なく話題を変えることを決めた。

「……わ、分かりました。その話はもういいです。それよりヴィンス。申し訳ありませんが、ここでは『アレク』と呼んでいただけませんか」

さっきから気になっていたのだ。

ヴィンスは私をミーシャと呼ぶ。それはもう勝手にすればいいと思うし、私も許したことだから構わないのだけれど、せめて男装時は控えて欲しかった。

だが、ヴィンスは首を傾げるばかりだ。

「どうして？」

「ここでの私は『アレク』だからです。それはヴィンスも分かって下さるでしょう？」

「ミーシャはミーシャなのに？」

「……」

思いきり渋い顔になる。私の変化を見たヴィンスが仕方ないという風に苦笑した。

「ああうん。いいよ、分かった。必要以上に君を困らせたいわけじゃないからね。でも、男の名前で君を呼びたいとは思わないんだ。だから折衷案。名前は呼ばない。男装時の君のことは『君』、と二人称で呼ばせてもらうよ」

「……分かりました」

ヴィンスから、絶対に『アレク』とは呼ばないという強い決意を感じる。だが別に酷いとは思わない。元々ヴィンスは私のことを名前では呼んでいなかったからだ。夜会では今まで通りだと思えばいいだけのこと。

私の拘りに付き合わせるのだから、こちらも妥協しなければならないし、こんなものは妥協にもならない。私が頷くと、ヴィンスはホッとしたように言った。

「良かった。私にとって君は『ミーシャ』でしかないからね。悪いけど、君の望む名前では呼んであげられないんだ」

「構いませんよ。気にしていませんし。十分すぎるほど配慮していただいていると感じています」

「そう思ってくれるのなら良かったよ」

微笑むヴィンスに同じく笑みを返す。話はついたと彼は世間話を始めてきた。

「そういえばさ、君は聞いた？」

「はい、なんのお話でしょう？」

「実はさ――」

そうして夜会は終わり、屋敷に帰った私は、今夜もほぼヴィンスとしか話していないという事実に気づき、荒れに荒れまくったのだった。

◇◇◇

「最悪だわ」

自分の屋敷の庭を散歩しながら呟いた。

庭師が手を掛けた庭園には季節の花が咲き乱れ、私の心を慰めてはくれたが、根本的な解決にはならない。

何故ならヴィンスが、あのうちの国の王太子が、現在進行形で私の邪魔をし続けてくれているからである。

一度、夜会に来られなかったというのが嘘だろうと思うくらいにあれから毎回、ご丁寧に私の参加する夜会全部に顔を出しては、親友然とした態度で私の側にいるあの男。

令嬢たちは私たちが並ぶ姿を最早当たり前の如く認識していて腹立たしいことにセット扱いで話しかけてくるし、邪魔をしてはいけないと（なんの邪魔だ）軽く会話したあとは、そそくさと去ってしまう。

いや、遠巻きには熱い視線を送ってくれるけど、それでは到底物足りない。

私は！　直接チヤホヤされたいし、したいのだ。

遠巻きに憧れられているのも悪くないけれど、それだけでは満足できないと思ってしまう。

女の子とたくさん喋りたいし、恋愛相談だって受けたい。格好を褒められたいし、お洒落に身を包んだ彼女たちを心ゆくまで絶賛したい。

だというのに、あの王子が私の側を離れないせいで、それも叶わぬ儚い夢と化してしまっているのである。

「あんの男……私が……！　嫌がっていると分かっているくせに……！」

ヴィンスの顔を思い出すと、握る拳にも力が入るというもの。

しかし、彼だけを怒れないというのは自分でも分かっていた。何せヴィンスと話すのを楽しいと感じている自身に気づいているからだ。

女の子と話したいのは本音だけれども、それと同じくらい彼と話すことも楽しい。

結果として、話しかけてくるヴィンスを無碍にできず、結局夜会の間中、彼と過ごす羽目になるのである。

「ヴィンスを……ヴィンスを強く突っぱねることができれば良いのに……！　つい話し込んでしまう己が恨めしい……！」

きいいいいい！　と叫び声を上げたい気持ちになるのをグッと堪える。庭で公爵家の令嬢が奇声を上げていると気味悪がられるのは、さすがに結婚を諦めた私でも嫌なのだ。

しかしどうすれば、ヴィンスから離れることができるのだろう。

いい加減、飽きてくれるかと期待していたが、それも今のところは無理そうだし、なんらかの手段を講じなければならないなと思っていた。

「どうすればヴィンスは私から離れてくれる？　何か方策……一発逆転の目は……」

「だから、ミーシャが私とデートしてくれれば万事解決だって言ってるのに」

「っ⁉」

突然隣から声が聞こえ、ギョッとした私は慌ててそちらに身体を向けた。

「ヴィンス⁉」

「や」

いつの間に現れたのか、私の隣でにこにこ笑っているのは、今、私を悩ませている張本人であるヴィンスだった。

「え、何故ここに？」

心底疑問だったのだが、彼は当たり前のように言った。

「遊びにきたからだけど？　君の屋敷の家令にここまで案内してもらったんだ。君の姿が見えたから彼には戻ってもらったけど、ちゃんと呼び鈴を鳴らして、屋敷に来たよ。別に無断侵入したわけじゃない」

「……」

「さっきから話しかけているのに、ミーシャは全然私に気づいてくれないし。ずっと独り言を呟いていたよね」

「そ、それは……申し訳ありません……」

謝りつつも、私の頭の中は疑問符でいっぱいだった。

きちんと玄関から訪ねてきたのはいい。だが、前回もそうだったが、私は彼から訪問の約束を聞いていないのだ。

「……お約束、していませんでしたよね？」

「え、来ては駄目だった？」

「駄目ではありませんが、急な訪問は止めていただければなと思います。その……私にも用事がありますし」

別に用事なんてないが、一応はそう言わせてもらう。ヴィンスも得心したように頷いた。

「なるほど。確かに女性に対して失礼な訪問だったね。それは謝るよ。だけどさ、ひとつ聞きたいんだけど、君、私が君の屋敷を訪ねたいとお願いしたところで、素直に頷いてくれた？」

「うぐっ」

痛いところを突かれた。咄嗟に返せなかった私に、ヴィンスが言う。

「ね、つまりはそういうことだったんだけど」

「……王太子殿下のお望みを無碍にしたりはしませんよ」

目を逸らしながら答える私に対し、ヴィンスは笑いながら指摘してくる。

「答えるまでに間があったね。心にもないことは口にしない方がいい」

「ぐ……」

「私だって、君が快く訪問を許可してくれるなら、事前に『行ってもいい？』って聞いたよ。だけどミーシャはわりと私に対して塩対応なところがあるから。これでもこの国の王太子なんだけどな」

「……存じております」

自分がヴィンスに対して適当な対応しかしていないことは自覚がある。だけど仕方ないではないか。

毎回毎回、人の楽しみを嘲笑うかのように奪う男を丁重に扱うとか、普通に無理だと思うのだ。

確かに王太子に対して……みたいな気持ちもなくはなかったけれど、そういうのはわりと早い段階で飛んでいった。それがあまりよくないということは百も承知だ。

ヴィンスが許してくれているから成り立っている関係であることくらいは分かっている。

つまりは私は彼に甘えているのだ。

——気づきたくなかった、この事実。

遠い目をしていると、私の内心の葛藤に気づいているのか、ヴィンスが面白そうな顔でこちらを見てきた。

「別に気にしなくて良いよ。不満があるなら最初に言ってるし、とっくに君から離れている。どちらかというと、今までこんな扱い受けたことないからある意味新鮮で面白くて、更に君に興味が増したくらいだからさ」

「失敗した！　もっと丁重に接しておくべきだった！」

話を聞き、絶望した。

雑に対応した結果、更に面白がられたとか、私の望む展開と真逆である。

「あはは。後悔しても遅いよ。いや、なかなかいないよ、君みたいな人。擦り寄ってくるわけでも、かといって私を本気で嫌っているわけでもない。邪魔だなと思っているのは伝わってくるけど、それって結局自分の趣味を楽しみたいからってだけでしょう？　適当にハイハイと対応して放置して……そんな扱いされたことないから逆に楽しくなってきたよね」

「それ、天邪鬼すぎません？」

「よく言われる。しかもそれをしているのは、男装している女の子と来たものだ。気にならない方がおかしいよね。もう、構いまくる選択肢しかなかったよね」

「……ヴィンスの興味を甚く引いてしまったことは、よーく理解しました。絶望しかありません」

「そういうことを平気で言えちゃうところが好きなんだよなあ」

「……」

がっくりと項垂れた。私の何がそんなにお気に召したのか、そしていつ飽きてくれるのかと思っていたが、道理で彼が私に構うのを止めないはずだ。

彼は私の取る行動全てを楽しんでいたのだから。

しかし——あまりにもメンタルが強すぎやしないだろうか。塩対応されても面白いで流せるとか、すごすぎる。

いや、王国の後継者と考えると、これくらい強い方が好ましいのかもしれない。

王国の未来は安泰だ。それはめでたいと素直に思うが、私と関係ないところにいて欲しい。

ズキズキとこめかみが痛みを訴えてくる。きっと急激にストレスを受けて、痛み出したのだろう。ため息を吐きたくなると思いながら私は口を開いた。

「よく分かりました。分かりたくもありませんでしたけど。で？　今日はどのようなご用件でいらっしゃったのですか？」

「え、デートのお誘い。そろそろデートしてくれるかなって思って、直接誘いにきたんだよ」

「それはご足労をお掛けしました。ささ、御出口はあちらです。気をつけてお帰り下さい」

恭しく玄関の方に誘導する。そんな私に、ヴィンスはとても楽しそうに言った。

「うん。そうなるだろうなって思った通りの反応をありがとう。でもさ、いい加減、真面目に対応してくれない？　私は本気で君を——ミーシャをデートに誘っているんだからさ」

「……本気であることは疑っていませんよ。ただ、応えられないってだけです」

いくら誘われても、アレクでいたい私が彼の要望に応じられるわけもない。それだけの話なのだ。

しかし――と、ヴィンスを見る。

今まで私にデートをしようと本気で誘ってくる男もいなかったが、ここまで何度断ってもめげずにしつこく誘いを掛けてくる男もいなかった。

普通は断られたら諦めると思うのに、彼は全然堪えないというか、それがどうしたとばかりに新たな誘いを掛けてくるのだ。

「……普通、ここまで断られたら、無理だって分かりません？」

ボソリと告げると、ヴィンスはキョトンとしながら私に言った。

「無理？　諦めなければ無理じゃないでしょ。ミーシャが本心から嫌がっているならそりゃあ無理かなって私も思うかもしれないけど、君、嫌だとは思っていないよね？　アレクでいたいから駄目だって言ってるだけだよね？」

「……それは」

反射的に目を逸らした。

図星を突かれたからだ。

正直な話、一度もしたことがないデートというもの自体には興味がある。ヴィンスと出掛けることも嫌ではない。いや、むしろ出掛けてみたいなという気持ちの方が強いくらいだ。

——いやいやいや、何考えてるの、私！

ハッと我に返り、ブンブンと頭を横に振った。出掛けてみたいとか、なんだそれ！

自分の感情に振り回され、何も言えない私に、ヴィンスが更に言う。

「それにさ、君、女の子とイチャイチャするのに私が邪魔なんでしょう？　今は断っているけど、そのうち業を煮やして、一度くらいなら交換条件のデートを受け入れてくれるかなって算段もある」

「……」

「だって、デートしてくれないんなら、離れる気なんてさらさらないからね。こんなに側にいて楽しくて、息をするのが楽な子なんて今までいなかったんだよ。君といると遠慮しなくていい。会話が心地良い。……それにこうして君を訪ねてくれば、綺麗に着飾った女の子なミーシャとだって会えるんだよ？　誰も知らない君の本当の姿を私だけが知っている。独り占めできている。そんな状況を私が無条件で手放すとでも本当に思った？」

「う……」

顔を覗き込まれ、反射で顔が赤くなった。

まるで照れているみたいだと思い、違う、そうじゃないと必死に自分に言い聞かせる。

　ヴィンスが苦笑し、私に言った。

「あともうひとつ。……これは察して欲しいんだけどさ、そうまでしても君とデートがしたいんだって気持ち、いい加減分かってくれない？　結構、必死なんだよ、私」

「へ……」

「私は本気で君とデートしたいんだ」

「……」

　驚くほど真剣な表情と声が私を貫く。一瞬、茶化してしまおうかと思ったが、彼の金色の瞳が誤魔化すなと言っているように見え、それはいけないと思い直した。

「……私」

「私に毎回夜会で付き纏われて嫌なんでしょう？　一度デートするだけで解放されるのなら、それもアリとは思えない？」

「……」

　何故か宥めるように言われ、こちらの方が駄々を捏ねているような気持ちになってきた。答えない私にヴィンスが更に言う。

「それとも今後も君の趣味の邪魔をし続けてもいいわけ？　私としては君といられるからそれでもいいんだけど、君は困るんでしょう？　何度でも言うけど、私はデート以外の条件は呑まないからね」

「う……」

「さ、どうする？」

答えはひとつしかないだろうという顔で尋ねられ、私はついに白旗を掲げた。

分かっている。分かっているのだ。

頷くしか、現状を打破する方策がないということくらい。

「……分かり、まし、た」

不本意ではあったが、いい加減、意地を張るのも限界。私は首を縦に振った。

それでも一応、言うべきことは言っておく。

「い、いいですか！　私が頷いたのは、これ以上邪魔されるのが嫌だから。デートするのはそのためです。それ以上でもそれ以下でもありませんから、そこは誤解しないで下さいよ！」

「うん、分かってる。もちろんそれでいいよ」

「……本当に分かっていますか？」

「もちろん」

私がデートすることに同意したのがそんなに嬉しかったのか、ヴィンスは満面の笑みを浮かべ頷いた。

「じゃあ、日程だね。日付は……来週の中頃とかどうかな？」

「え……あ、はい。大丈夫です」

スマートに予定を確認され、戸惑いつつも返事をした。基本私の用事なんて夜会くらいだ。日程をずらせないような予定など殆どないので、合わせることは可能だった。

「じゃ、その日に決定ってことで。朝、迎えにくるから準備しておいてよね。ああ、ミーシャとデートかあ。楽しみだなあ」

あからさまにウキウキとされ、なんだか急に恥ずかしくなってきた。

――デート？　デートするの？　私が？　ヴィンスと？　本当に？

羞恥で訳が分からなくなってきた私に、ヴィンスが上機嫌に言う。

「それじゃ、約束も無事取りつけられたことだし、私は帰るよ。――デート、楽しみにしてる。君も同じように思ってくれると嬉しいな」

「あ、はい……」

ばいばい、と手を振り、ヴィンスが玄関の方へ歩いて行く。それを呆然と見送りながら私は彼の言葉通り、デートを楽しみに感じている自分に気がついていた。

生まれて初めての男の人とのデート。

男装なんて趣味を持つ私には、一生縁がないと思っていたそれを来週にはすることになるのだ。

デートってどんなことをするのだろう、どこへ連れて行ってくれるのだろうと、どうしたって期待してしまう。

恋愛相談をしてくる女の子たちが話していたようなお店へ連れて行ってくれたりするのだろうか。カフェでお茶をして、芝居を見に行ったりするのだろうか。

全てが未経験の私には、想像するしかない世界だけれど。

「あ……」

そこまで考え、自分の置かれている現状を思い出した。

話の流れで頷いてはしまったけれど、そもそもこれまでどうして自分がヴィンスの誘いを受け入れなかったのか、それを思い出したのだ。

私は女性の格好をしている自分を、万が一にも私に憧れる女の子たちに見られたくないのだ。城下町になど出掛ければ、ほぼ確実に誰かに会うだろうし、そうして女性の格好をしている私を見られたら……間違いなくガッカリさせてしまうと思う。

彼女たちは『アレク』な私が好きなのだし、私だってイメージを崩すような真似はしたくない。

ミーシャとして出掛けられるはずもなかった。

「……となると、やっぱりデートは男装で行くしかない、か」

分かっていたことだけれど仕方ない。

男装なら端から見れば、男性同士が出掛けているだけに見えるだろう。それなら許容範囲内だ。

ミーシャとデートがしたいと言ってくれたヴィンスには悪いけど、彼だって私の事情は知っている。今更男装姿で現れたところで怒りはしないだろう。大体、デートをして欲しいとは言われたけど、女性の格好でとは言われていないのだから。

「……そう、よね」

屁理屈だとは分かっていたが、そう取るしかない。

皆の夢を壊さないためにも。

罪悪感を抱きながらも、デートには男装姿で行こうと決意する私だった。

◇◇◇

約束したデート当日。

私はソワソワしながら玄関ロビーに立っていた。

両親には事前に出掛けると報告済みだ。ヴィンスと付き合いがあることは彼らも知っている。何せ最近はとにかく夜会で一緒にいる機会が多いし、屋敷までふらりとやってくることもあるからだ。だからか両親は私と彼に対し、あらぬ期待を抱いていた。

あれだ。

もしかしたら王子が私のことを恋愛の意味で好きなのではないかと、そういうこと。男装して女性を侍らせている私に男っ気がないことを父も母も嘆いていた。だがここに来て、留学から帰ってきた王子と非常に距離が近いときた。

これはもしかしたらもしかするかも、と勝手に期待しているというわけだった。

今日だって、ヴィンスと出掛けると報告すると、目を輝かせて「行ってらっしゃい」と言ってくれた。

たかが一回、デートしたくらいで何が変わるわけでもないだろう。しかもこのデートはただの条件なのだ。このデートを終わらせれば、ヴィンスはもう私の邪魔をしない。つまり、彼と私の関係は終わりと、そういう話になる。

「……」

ちょっとだけ、嫌だなと思ってしまった。

何せ半年以上もの間、ひたすらヴィンスに纏わりつかれたのだ。それがなくなると思うとなんだか寂しい……いや、そんなこともないな。わりと清々するかもしれない。

今まで散々私の邪魔をしてくれたことを思い出し、気持ちがすんと下がった。

なんということか。

両親が変な期待をするから、私もそれにつられてしまったではないか。

うっかり寂しいと思ってしまうとか……危ない、危ない。

「今後も纏わりつかれるとか、絶対にごめんだし」

私は彼に絡まれる以前の生活が取り戻せればそれでいい。そのために今日は頑張るのだ。

それを忘れないようにしなければ。

「お嬢様、殿下がいらっしゃいました」

ぼんやりしていると、家令が声を掛けてきた。玄関の扉が開き、腰まである上着にウェストコート、スラックスという一般的な貴族の格好をした彼が入ってくる。当然、夜会などで着るものより落ち着いたデザインで、ちょっとしたお出掛けに使えそうなセンスの良い服装だった。

ステッキと帽子を家令に預けた彼は、私を見ると、何故か苦笑した。

「うーん、やっぱり、そう来たか」

「？　何かおかしいですか」

どうしてそんな「仕方ないなあ」とでも言いたげな顔をされるのか。

意味が分からないと思っていると、彼は私の服装を指さした。

「その格好。まあね、そうだろうとは思っていたけど、本当に男装で現れるとかさ。ミーシャ、今日はデートだって私、言ったよね？　君もそれに同意したはずだ」

「はい、確かに。ですが、男装をしてはいけないと言われませんでしたので」

言われるだろうとは思っていたので、用意していた答えを返す。私の言葉にヴィンスはやれやれと肩を竦め、後ろを振り返った。扉が開いているので、彼の乗ってきた馬車が見える。

「きっと君は男装姿で現れるだろうと思っていたから、こちらで用意してきたんだよ。私の持ってきた服に着替えてくれるかな？　きっと君に似合うと思うから」

「は？」

服を持参したと告げたヴィンスをまじまじと凝視した。

彼はしてやったりという顔で私を見返す。そんな彼に唖然としながらも口を開いた。

「あ、あの。ヴィンス。私、言いましたよね？　皆の夢を壊したくないんだって。外に出るならドレスなんて着られませんよ。とんでもない」

屋敷の中で過ごすのなら、彼が持ってきたドレスを着てみるのも良いかもしれないが、外へ出るというなら、その選択肢はなしだ。

無理だと首を横に振る私に、だけどヴィンスも譲らない。

「私はミーシャとデートしたいんだって言ったよね？　アレクとだなんて一言も言っていないけど」

彼の口から初めて出た『アレク』という言葉にドキッとした。それは私を呼ぶものではなく、『ミーシャ』と違うということを示すために使われただけで、それが何故かより強く私の心を揺さぶった。

私が動揺していることにヴィンスは気づかない。

「私が用意した服を着てくれないのなら、今日のこれはデートとはみなさない。これからも遠慮なく君に付き纏い続けてやるけど？　それでもいいの？」

「えっ……」

「女の子となんて、話させない。ずーっと、私とだけ過ごさせてやる……。これは絶対だよ。私は決めたことは何がなんでも実行する男だからね」

「……ヴィンス」

堂々と邪魔する宣言するヴィンスに心底呆れ果てた。そして、やると言ったらやるんだろうなと納得してしまった私は、降参するように両手を挙げた。

「分かりました！　分かりましたよ、もう!!」

「え、着てくれるの？」

やけくそで叫ぶと、ヴィンスが目を輝かせた。渋い顔をしつつ頷く。

「でないと、付き纏い続けるんでしょう？　それは困りますからね。なんのためにデートするのか分からなくなります。ええい、女は度胸！　どんなドレスでも喜んで着てやりますよ！」

「やった。じゃあ待ってるからよろしくね」

手のひらを返したようににっこりと笑うヴィンスにがっくりしつつ、覚悟を決めた。

女の子たちに会ってしまうかもというのは考えるのも恐ろしいが、王都は広い。会わずにデートを終えられる確率の方がずっと高いだろう。こうなればもうそこに賭けるしかない。

――見つからない。きっと、見つからない。

「……着替えてきます」

御者が下ろしてきた荷物をメイドが受け取る。荷物を私の部屋に運ぶように告げ、私も大人しく部屋へと向かった。

◇◇◇

ヴィンスが用意してくれた服は、町へ出る時などに使うお洒落着に近いものだった。紺色のワンピースには白と黒のフリルとレースがたっぷり使われており、ドレスのようにも見える。その長さは足首まであり、ブーツと合わせるとぴったりだった。白い飾りボタンが可愛らしく、細部までデザイナーの拘りが詰まっている。

これはすっぴんでは似合わないと、私はメイドを何人か呼び、化粧と髪のセットもしてもらった。

白い手袋を嵌め、日傘を持てば完成。

町でよく見る、流行の格好をした貴族令嬢がそこにはいた。

「素敵……」

町へ出る時も基本男装姿なので、あまりこういう格好をしない。そのため鏡に映った自分をまじまじと見つめてしまう。純粋に、物珍しいのだ。

そして、女性としての格好をするのだって嫌いではない私だ。綺麗な格好をすれば気分が上がるのも当たり前で、すっかり普段見ない己の姿に満足していた。

「お待たせしました」

「えっ……可愛い……ミーシャ、すごく可愛いね⁉」

準備を済ませ、玄関ホールで待っていたヴィンスの元へ行くと、彼は目を見開いてそう言った。

「似合うだろうなと思って選んだのは確かだけど、本当に恐ろしいくらい似合ってるね？ えっ、可愛い。可憐な妖精が現れたのかと思った」

大袈裟である。

だが女性の格好を褒められることは滅多にないことなので、嬉しかった。

「言いすぎですよ。でも、ありがとうございます。普段こういう格好をしませんので、とても新鮮です」

用意してくれたヴィンスに礼を言い、微笑む。今の私は髪を結い上げている。せっかく可愛い格好をしているのだからとメイドが頑張ってくれたのだ。

ヴィンスは改めて私を頭の天辺から足のつま先まで眺めると、満足げに頷いた。

「うん。私、天才かな。こんなに可愛い君を作れるなんて……はあ、自分の才能が怖いんだけど」

「自画自賛はそれくらいにして下さい。で、どこへ行くんですか？」

腹は括ったので、どこへなりと連れて行くがいいという気持ちだが、できれば事前に聞いておきたい。私の質問にヴィンスは「秘密」とウィンクをした。

そういう仕草も似合うのだから、ヴィンスは本当に格好良い人なのだろうと思う。いや、『アレク』も余裕でできるけど。

なんとなく、『アレク』がヴィンスに負けているとか思いたくなかった。

自分で自分に言い訳をしていると、ヴィンスが私に手を差し出してきた。

「良いところだよ。君に嫌な思いをさせたりはしないって約束するから、私を信じてついてきて欲しいな」

そう言って笑うヴィンスはお世辞抜きに格好良かった。なるほど、これはモテるなと納得してしまう。私も同じように笑みを浮かべつつ、彼に答えた。

「行くと決めたのは私です。ちゃんとついていきますよ」

「君、そういうところ、やたらと男前だよねえ。可愛くて男前って……本当、君がどうして未だに婚約者のひとりもいないのか理解できないよ。いや、私には都合が良いんだけどさ」

「男装が趣味だからですね。あと、世の中の男性は、自分よりモテる女を嫌がるからですよ。分かりやすいでしょう？」

世の中の真理を伝えると、ヴィンスは顎に手を掛けながら首を傾げた。

「私は君が私よりモテても気にしないけど……いや、やっぱり嫌だな！　君が男にチヤホヤされるとか許しがたい！　だってミーシャは私が先に目をつけたんだからね！」

「いや、何を言ってるんですか……前提条件が変わっちゃってるじゃないですか」

意味が分からなすぎて思わず突っ込みを入れてしまった。

まだブツブツ言っているヴィンスに声を掛ける。

「で？　行かないんですか？　良いところに連れて行ってくれるんでしょう？」

「ん？　もちろんだよ」

パッと機嫌を直し、ヴィンスが私を馬車へと連れて行く。

紆余曲折《うよきょくせつ》はあったが、こうしてなんとか無事、私たちの初デートは始まった。

◇◇◇

「じゃーん。目的地に到着！」

「……」

小一時間ほど車中で過ごし、やってきたのはとある森の入り口だった。

森といってもそう深いわけではない。しかも中には湖や花畑、木陰などがあり、比較的探索しやすい。郊外のデートスポットとして、それなりに人気のある場所だった。

「ここ……」

「今日は、私たち以外立入禁止にしているからね。気兼ねせず過ごせるよ」

「っ……」

言われた言葉の意味を理解し、思わず彼を凝視した。

ここの森は小さいが、奥に鉱山があり、良質な宝石の原石が採れるのだ。そのため国の所有となっており、事前告知なしに立入禁止になることも多かった。

森の入り口には兵士が数人立っている。来た人を追い返すためだろう。

彼らはヴィンスと私を見ると一礼し、道を空けてくれた。

「ほら、行こう」

「え……でも」

「良いから、ほら」

背中を押され、歩き出す。道は舗装されていて歩きやすかった。

戸惑いながらも道を進み、隣を歩くヴィンスを見る。

彼はバスケットとステッキを片手に持ち、上機嫌に歩いている。おそらく中身はお弁当なのだろう。つまりは今日は一日ここで過ごすつもりなのだ。

彼とのデート。それが誰も来ない野外であることに驚き安堵するのと同時に、なんだかとても申し訳ない気持ちになった。

「あの……」

「ん、何？」

こちらを向いた彼に頭を下げた。どうしてもそうせずにはいられなかったのだ。

「ありがとうございます。その……デートにこの場所を選んで下さったのは、私を気遣ってくれたから、でしょう？」

私が女性の格好をして町へ行くのを渋っていたから、その理由を知っていたから彼はこの場所を選んでくれたのだ。私たち以外の立入を禁止にしたのもそう。

知り合いと会う可能性をゼロにしてくれたのだと分かっていた。

頭を下げると、ヴィンスは裏のない笑顔で笑った。

「君のためじゃないよ。ただ、私が君とふたりきりで過ごしたかったから。だから立入禁止にしたんだ。誰かに邪魔されるとか絶対に嫌だったからね。これは私の我が儘だから君がお礼を言う必要なんてないよ」

「ヴィンス……」

絶対に嘘だ。そう思ったが、彼の気遣いを無駄にしてしまうと察した私はそれ以上言うことを止めた。それと同時に温かな気持ちが胸の中に生まれる。

彼が私の気持ちを尊重してくれたこと。それがどうしようもなく嬉しかったのだ。

──こんな人、初めてだわ。

考えてみれば彼はいつもそうだった。

ヴィンスは、私が決定的に嫌がることはしなかった。ギリギリの線を見定めて、己の要求を通してくる。だからいつだって私は腹立たしいと怒るだけで、彼を本当の意味で嫌うことができなかった。そうして今みたいに、さらっと大事なところを掬い上げていくから、私は──。

──はっ……。

辿り着いてはいけない結論に辿り着きそうになって、慌てて思考を振り払った。

誤魔化すようにヴィンスに話しかける。

「ヴィ、ヴィンス。それで、森のどの辺りに行くんですか？」

「湖がある場所を起点にして、付近を散策しようかなって考えてる」

「それは良いですね。今の季節なら花も咲いているでしょうし」

彼の提案を聞いて、頷いた。

湖の側は拓けた場所になっていて、木陰もあるので休憩がしやすいと聞いている。

「ここ、来たことあるの？」

「いいえ、残念ながら一度も」

問いかけには否定を返した。

基本、引き籠もり気味の私は、郊外にある森に来る機会はない。だが、夜会で令嬢たちが話していたのを覚えていたのだ。そう話すと、ヴィンスは腑に落ちたという顔をした。

「確かに。君はよく女の子たちに相談を受けていると聞くからね」

「主に恋愛相談ですね。なかなか楽しいですよ」

「……人の恋愛話を聞いて何が楽しいのか、私には全く分からないよ」

憮然とした顔でヴィンスが言う。それには笑いだけを返した。

人には好みというものがあると分かっていたからだ。私は女の子たちの恋愛話を聞くのも相談を受けるのも好きだが、それが嫌だという人もいることは知っている。特に男性はそうだろうなと思う。自分に関係があるのならまだしも、無関係の恋愛話を聞いて素直に楽しいと思えるのは相当な変人だ。

目的地に向かって歩き始める。時折風の音や鳥の声が聞こえ、自然に囲まれているのだなという気持ちになった。緑の濃い香りは心地良く、森林浴という言葉があるのも納得できる。

「散歩しているだけでも気持ちいいですね」

「うん。特にこの森は王家が管理しているからね。危険動物がいないのも確認済みだし、気軽な散歩にはもってこいだと思うよ」

そんな場所を一時的にとはいえ、貸し切りにしている贅沢さに、やはりこの人は王子なのだなと再認識してしまう。そして同時にその王子とデートしている今の現状を不思議に思う。

——私、どうしてヴィンスとデートなんてしているんだろう。

夜会で纏わりつかれるのが嫌だから、がもちろん正解なのだけれど、それは分かっているけれど考えてしまう。

少し前までの私に男性とデートなんて選択肢はなかったのに、人生とは分からないものだ。

「何を考えているの？」

「いえ、別に。大したことではありません」

実際、どうでもいい話なのでさらりと流した。視界が開け、目の前に湖が現れる。

想像していたよりも大きな湖に驚きの声が出る。

「わあ……」

湖面が太陽の光を受けてキラキラと輝いている。湖の周辺には丈の短い草が生い茂っており、辺り一面、シロツメクサが咲いていた。

「綺麗ですね」

「うん。近くまで行こうか」

ヴィンスに誘われ、湖のすぐ近くまで行く。透明感のある水はとても綺麗で、水底まで見えるような気がした。

「意外と深いから気をつけてね」

「はい。あ、魚がいますね」

細身の魚が泳いでいくのが見えた。湖を楽しく観察し、ヴィンスを振り返ると、彼は原っぱの上に敷布を敷いていた。

「ヴィンス?」

「あとで、ここでお弁当を食べようと思って」

「すみません、気づかなくて。手伝います……!」

さすがに王子に全部やらせるわけにはいかないと思った私は、急いで手伝いを買って出た。

ふたりが十分座れる広さのある敷布の上に、ヴィンスがバスケットを置く。すぐ近くに咲いていたシロツメクサを摘み、茎の部分を持ってくるくる回しながら私に言った。

「ね、ミーシャ。シロツメクサで花冠が作れるって知ってる?」

「へ」

「ほら、こんな風に……」

言いながらヴィンスが器用にシロツメクサを組み合わせ、花冠を作り上げていく。その動きは滑らかで迷いがなく、彼が慣れていることを示していた。

「できあがり。ふふ、意外と器用だろう?」

はい、とできた小さな花冠を手渡され、目をぱちくりさせた。

「驚きました。差別というわけではありませんが、男性でこのようなことができる方がいるとは思わなくて……」

しかもそれが王子だというのだからびっくりだ。

正直な気持ちを伝えると、ヴィンスは笑いながら言った。

「まあ、そうだろうね。これは隣国へ留学に行った時に教えてもらったんだ。私は人よりも大分好奇心が強い方だから、花が輪になるというのがどうにも面白く感じて、つい、作り方を覚えてしまった」

「つい、で覚えたんですか?」

「うん。興味を持ったことは突き詰めないと嫌な性質なんだ」

言われた言葉に深く頷いた。確かにヴィンスにはそういうところがあるからだ。

男装していた私に興味を持ち、延々絡み続けたこともそうだし……うん、納得しかない。

「君は？　ミーシャは花輪を作ったりとかするの？　男装が趣味って話なら、あんまり女の子っぽいことはしないのかな？」

「ふふ、さて、それはどうでしょう」

私は手渡された花輪を脇に置き、よくぞ聞いてくれたと笑みを浮かべた。

シロツメクサを摘み、ヴィンスに言う。

「まあ、見ていて下さい。それこそ意外に思われるでしょうが……ほら」

「……器用だね」

迷わず花輪を作っていく私を見て、ヴィンスが驚いたように言う。そんな彼に少し良い気分になった私は、その気持ちのまま口を開いた。

「花輪だけに限らず、女性がおさめるべきと言われる趣味の類いは一通りできますよ。何せこれでも公爵家の娘ですので」

「そういえばそうだった。いや、あまりにも男装のイメージが強くて」

「でしょうね。誰も私ができることを知らないと思います」

ヴィンスの言葉に肯定しながら、花輪を作り終える。

趣味を男装としている弊害だろう。何故か女性の格好をすることも、女性が好む趣味や話も忌避しているに決まっていると思われることが多いのだ。私としては鼻で笑ってしまう話だけれども。

実は細かいレース編みが得意だと言えば、皆はきっと目を剝いて驚くと思う。

そういう話をしながら、できた花輪をヴィンスの頭に被せた。

「はい、できあがりです。ふふ、ヴィンス、よくお似合いですよ」

彼のアッシュ色の髪に、白と緑の花冠はよく似合う。

まるで妖精の王様のようだなと思っていると、ヴィンスは唇を尖らせた。

「女の子に花輪が似合うと言われても嬉しくないよね。いや、君が作った花輪を被せてもらったこと自体は嬉しいけどさ」

「じゃあ、お揃いってことでどうですか？」

横に置いておいた花輪を取り、自分の頭に乗せる。それを見たヴィンスは嬉しげに手を叩いた。

「いいね。そういうのは悪くない」

どうやら機嫌が戻ってくれたらしいと知り、ホッとする。ついでに先ほど見つけたものを差し出した。

「はい、これも差し上げます。お土産にどうぞ。四つ葉のクローバーですよ」

緑色の四枚の葉が特徴のクローバー。シロツメクサを摘んだ時に偶然発見したのだ。

「ヴィンスに幸運が訪れますように」

基本三枚葉のクローバーにはたまに四枚葉があるものがある。それは幸運のシンボルとされ、なかなか見つからないことからもお守りとして重宝されていた。

王子という立場なら、私と違い危険に遭遇することも多いだろう。そう思い、彼に手渡すと、ヴィンスは目をぱちくりさせながら私を見た。

「え、私に？」

「はい。どうぞお持ち下さい」

微笑みながらも肯定すると、彼は何故か焦ったように言った。

「え、こういうのって普通、男から女の子に渡してあげるものじゃないの？　どうして私がもらうわけ？」

「たまたま見つけたのが私だったから、でしょうか」

「いやいやいや。そうじゃなくてさ、ミーシャが持っておきなよ。せっかく見つけたんだ。幸運のお守り。私ではなく君が持っているべきだと思う」

「私には必要ありませんよ」

私のことを思って言ってくれているのは分かったが、断った。

「私より、王太子という立場にあるヴィンスの方がよほど必要でしょう？　受け取っていただければ私も嬉しいですし」

「……」

にこりと微笑みながら告げれば、ヴィンスは私を凝視し、やがて大きなため息を吐いた。

「……今、分かった。納得した。君、『アレク』じゃなくても全然変わってない。その人たらしなところ天然なんだ。あーそっかあ。そりゃ、女性たちに人気にもなるよね。こういうことを普通にできるんだから……。でもさ、何が悔しいって、それを私がされてるってことなんだよ！」

「何か拙かったですか？」

まるで子供のように悔しがるヴィンスに問いかける。彼はキッと私を見ながら否定した。

「何も拙くない！　嬉しい！　ありがとう！　ただ、先を越されたって思ってるだけだから！　ミーシャは何も悪くない！　見つけられなかった私が悪いんだ……！」

「……そうですか」

なんだか彼なりに葛藤があるらしい。

だけど彼が贈った四つ葉のクローバーを喜んでくれていることは伝わってきたので嫌な気持ちにはならなかった。

ヴィンスはポケットからハンカチを取り出し、四つ葉のクローバーを丁寧に挟んだ。

「城に帰ったら押し花にする」

「そこまでしなくても」

「いや、君にもらったものだからね。そのあとは本の栞にして、毎日、執務前とあとに君を思い出しながら眺めることにする」

「……そこまでしなくても」

押し花にするまでは微笑ましかったが、そのあとの言葉が重すぎて、頬が引き攣った。

正直言って、そこまでして欲しくない。飽きたら適当に処分してくれればいいのだ。

明らかに声のトーンが変わったことに気づいたヴィンスが、不満げに言う。

「ねえ、なんで今、二回言ったの？」

「いや、ちょっと引きまして」

「君がくれたものを大事にして何が悪い？」

「悪くはないんですけど、毎日眺めるとか、ちょっと気持ち悪いです。あと、別に私のことは思い出してもらわなくて構いません」

「ミーシャが酷い!!」

本心からの言葉だったのだが、ヴィンスはお気に召さなかったらしく、頬を膨らませながら文句を言ってきた。

曰く、もらったものを大事にしているのに気持ち悪いとは失礼だとか……まあ、確かにそうかなとも思うが、気持ち悪いと思ったのだから仕方ない。

「はいはい、私が悪かったですよ」

適当に返事をし、なんとかヴィンスの機嫌を取る。そのあとは彼と一緒にお弁当を食べた。

城の料理人たちが作ったというお弁当は冷めても美味しく、私は彼とよもやま話をしながら平和な時間を過ごした。

「どうします？　お弁当も食べたし、もう帰りますか？」

お昼ご飯を食べ、休憩をしてからヴィンスに声を掛けた。

ヴィンスは両足を投げ出し、後ろに両手を突いて心地よさげに風を受けている。

ニコニコとしながらこちらを見た。

「実は、湖で魚釣りをしようと考えていてね。ミーシャは魚釣り、したことある？」

「魚釣りですか？　いえ、経験はありません」

「興味はない？」

「あります」

即答した。

魚釣りとかとても楽しそうだと思ったのだ。

正直に告げると、ヴィンスは勢いをつけて立ち上がった。

「よし、じゃあ、一緒にやってみようか。えーと、その辺りに木の枝とか落ちてない？　荷物になると思ってさ、糸を持ってきただけだから、釣り糸を括りつける枝が欲しいんだよ」

「枝、ですか……えーと」

キョロキョロと辺りを見回し、小枝を見つけた。少し細いが、長さはそこそこある。

「これで大丈夫ですか？」

「うん。これに釣り糸と餌をつけて……餌は……うーん、あ、見つけた」

ヴィンスが何かを探す仕草をし、草むらの中に手を突っ込んだ。そうして見つけたものをつまみ上げる。何を発見したのか。興味本位で覗き込み、反射的に悲鳴を上げた。

「いやあああああああ!!」

「ん？」

ヴィンスが首を傾げる中、私は全力で飛び退いた。今自分の見た光景が信じられなかった。

「な、な、な、な、なんです、それは!!」

「え？　見て分からない？　魚の餌だけど」

「ミミズじゃないですかっ!!」

ビシッと指を突きつける。

ヴィンスが手に持っていたのは、おぞましいことに、うようよと気味悪く動くミミズだったのだ。

あまりの気持ち悪さに怖気が走る。全力で顔を背ける私に、ヴィンスは不思議そうな声で言った。

「魚の餌にミミズを使うって知らない？」

「噂には聞いていましたけど、そんなこと忘れていましたし……無理！　無理です!!　私にそれを見せないで下さい!!」

両手でバッテンを作り、全力で拒絶した。

私は虫が駄目なのだ。特に足のない種類の虫。奴らは正直遠目から見るのも無理だ。

顔面蒼白になる私を見て、ヴィンスが察したように言う。

「もしかして……虫、駄目とか？」

「足がないのは本当に駄目で……無理……気持ち悪い」

制止するように手を前に伸ばし、近づくなとアピールする。

「……意外だ」

本当に意外そうにヴィンスが言う。

「君、夜会ではあんな感じだから、虫とかも平気かと思ってた。ほら、格好良く女性を庇って退治する、みたいな。むしろ誰よりも積極的に前に出そうな感じじゃない？」

「無理、無理、無理です。そんなこと嘘でもできません。これまでは運良くそういう機会に当たらなかっただけです!!　もし夜会に虫が出たら、一瞬で化けの皮が剝がれる自信がありますから!!」

虫を目の前にしてまで、『アレク』でいられる自信などない。女性がいたとしても脱兎の如く逃げ出すだろう。それくらい、本当の本当に駄目なのだ。

恐怖に震える私を見て、ヴィンスは「ふうん」とよく分かっていない風に頷き、針の部分にミミズを突き刺した。ぷちっという音が聞こえ、全身に寒気が走った。

「いやあああ!! 何してるんですかっ!! 気持ち悪い! 気持ち悪い!」

「……いや、だから魚の餌にするから」

見たくなければ見なければ良いのだが、どうにも気になってしまうのだ。視界に名前も言いたくないものが映り、「ひぃ」と悲鳴を上げた。

「ビクビクしてるぅ!! 無理!! 早く、早くそれを私の見えないところに……!!」

「……うーん。こういうところは、女の子だなあ。なんというか、すごく新鮮だ」

「私はれっきとした女子ですよ! それ以外のものになった覚えはありませんっ!」

「分かってる。君は可愛い女の子だからね。ただ、普段とのあまりのギャップに……ふふっ」

「笑ってないで、早くそれをなんとかして下さいっ!!」

最早半泣きである。私の必死の形相を見たヴィンスは「はいはい」と笑うと、木の枝に括りつけた釣り糸を湖に投げた。ポチャンという音がする。

「……」

「はい、もう見えなくなったよ」

だからこちらへおいでと手招きされ、私は恐る恐る彼に近づいた。

水面を覗き込むと、釣り糸が垂れ下がっている。例のヤツが見えないのを確認し、ホッと息を吐いた。

「……良かった」

「私としては君の新たな側面が見られてなかなか楽しかったけどね」

「私は最悪でした……。足があればまだなんとか戦える気もしますが、足のない奴は本当に駄目です」

腕をさすりながら言う。

「君がこれほど虫が駄目だと知っていたら、予め別の餌を用意したんだけどね。ごめん」

「謝らないで下さい。わざとでないのは分かっていますから」

そこは誤解して欲しくないのできっぱりと告げた。

確かにギャアギャアと騒いでしまったが、彼が嫌がらせでしたわけでないのは理解している。必要以上に私に見せようとはしなかったし、近づけたりもしなかった。ただ、釣りに必要だから使っただけ。分かっているのだ。

「……でも、できれば生き餌は止めて下さるとありがたいです」

「今度からはそうするよ。本当にごめん」

「……はい」

今度なんてないのにと思いつつも、頷いた。

これは『もう夜会で纏わりつかない』という約束と引き換えにしているデートなのだ。二度目なんてない。

そう思いつつも、どこかがっかりしている自分に気づき、ギョッとする。

――な、何考えてるの。私。これは単なる約束の履行。次なんてないし、あって欲しいと思っても駄目なんだって。

ブンブンと首を横に振る。

全く、私はどうしてしまったのか。最近、ヴィンスが絡むと妙におかしくなることが増えたと思う。

「……で、釣れそうですか？」

湖に垂れる釣り糸を見ながら、ヴィンスに聞く。彼は「さあ？」と気にした様子もなかった。

「さあって……」

「実はね、偉そうに勧めておきながらなんなんだけど、私、魚釣りはあまり得意ではなくて。多分、今日も釣れないいんじゃないかなあ」

「釣れないと思ったのに、誘ったんですか？」

「うん。だって釣りって、九割が『待つ』なんだよ。ただひたすら、魚が釣り糸に掛かるのを待つ、気の長いスポーツなわけ。でもさ、待ち時間が長いってことは、その間君と話していられるじゃないか。私としては万々歳かなって」

「……」

「君と少しでも長く話したいって思ったんだ。だから釣りを選んだんだよ。馬鹿みたいだろう？」

「……いえ」

はにかみながら言ったヴィンスの顔を、何故か直視できなかった。

そのあとはふたりで会話をしながら釣り糸に魚を掛かるのを待ったが、残念ながら良い反応はなかった。幸いだったのは、知らない間に餌のミミズが食べられていたことだ。

終わりにしようと釣り糸を上げる時に、またミミズを見なくてはいけないのかと悲愴な覚悟をしていただけに、何もついていない釣り針を見た時は快哉を叫びたくなった。

ありがとう、お魚さん。あなたが優勝。間違いない。

「ね、釣り、下手だろう？」

「下手っていうか、まず掛かりもしませんでしたけどね」

がっかりしながらこちらを見てくるヴィンスに苦笑しつつも答える。

「たまには掛かるよ。前は長靴を引っかけたし。いや、釣り上げることはできなかったんだけど」

「……魚じゃないし、しかも落としてるじゃないですか」

「だから下手だと」

「それ以前の問題です。ヴィンス、釣り、向いていないんじゃないですか?」

「そうかなあ。のんびりした時間が結構好きなんだけど」

どうやら下手の横好きであることが判明した。ヴィンスはわりとなんでもできる印象があったので、苦手なものがあるというのが新鮮だ。

「次こそは魚を釣ってみせるよ」

「期待しないで待っていますね」

無駄にやる気を出すヴィンスにそう言って、立ち上がる。今までヴィンスの隣でしゃがみ込んで見ていたのだ。立ち上がった瞬間、グラリと身体が揺れる。

長時間同じ体勢だったせいで足が痺れていたことに気づかなかった。

「えっ、あ……」

「ミーシャッ!」

バランスを崩し、湖の方に倒れそうになる。ヴィンスのやけに焦った声が聞こえた。落ちる、と思ったところでヴィンスに腕を引っ張られる。

「わっ……」

「もう……危ないなあ」

腕を引っ張ったヴィンスは、そのまま私を己の腕の中に抱え込んだ。ほうっと息を吐き、私に尋ねてくる。

「大丈夫だった？　ミーシャ」

「えっ……あ、はい。ありがとうございます」

まだ足の痺れは残っているが、それ以外に問題はない。男の人の腕の中にいるという事実に緊張しながらもヴィンスを見る。彼の目がなんとも複雑な色合いを灯していた。

「え――」

「ミーシャ……」

目が合った、と思ったのとほぼ同時に、彼の顔が近づいてきた。

――えっ⁉

柔らかいものが唇に触れた。それが何かを理解し、目を大きく見開く。

触れているのは、ヴィンスの唇だった。彼と口づけを交わしていると気づき、頭がパニックを起こしている。

――えっ、えっ、えっ⁉　どうして私、ヴィンスとキスしてるの？

アッシュ色の髪が顔に掛かる。

何故、今こうなっているのかさっぱり分からない。

混乱状態で行われたキスは体感ではかなり長く感じたが、実際は一瞬だったのだと思う。

唇を離し、ヴィンスが私を見つめてくる。

「ヴィンス……？」

名前を呼んだが、その声は驚きで震えていた。目を瞬かせ、彼に問いかける。

「ど、どうして……こんなことを？」

本気で疑問だったのだが、彼は意外そうな顔をした。

「どうして。君はそう聞くんだね。本当に分からない？」

「えっ……」

「私はずいぶんと言動でも行動でも君に示してきたと思うんだけどな」

「……」

何故か酷く辛そうに言い、ヴィンスが私の身体を解放する。思わずふらつきそうになったが、なんとか堪えた。

そんなことより今は、どうしてヴィンスが私にキスをしたのか、その方が問題だった。

「じょ、冗談、ですよね？　私を揶揄っているだけ。そうですよね？　その、だったら止めて下さい。助けていただいたのは感謝しますが、こういうことは困ります」

「ミーシャ」

「っ」

強めに名前を呼ばれ、息が止まる。彼は私の目を真っ直ぐに見つめてきた。

「ミーシャ。私は本気だよ」

「……」

「いつだって本気で、君に向き合ってきた。それは今だってそう。……だから、君も本当は分かっているよね。私がどうして君にキスしたのか。冗談なんかじゃないって、気がついているはずだ」

「わ、私は……」

「謝らないよ」

ヴィンスの強い目の力が怖くて、たじろいだ。考えを言葉にしようと思っても上手く行かない。そんな私の手をヴィンスが握る。

「あっ……」

咄嗟に逃げようとしたが、ヴィンスはそれを許さなかった。強い力に、彼の本気を感じ取ってしまい泣きそうになる。

「逃げないで」

「っ」

「きちんと聞いて」

「……」

顔を背けようとしたが、懇願するように言われ、動きが止まった。恐る恐る彼を見る。

それで良いと言わんばかりに、ヴィンスが笑った。

「……もう一度言うからよく聞いて。私は本気だ。だから、ミーシャ。この意味を考えて、君には答えを出して欲しいと思うんだ」

「答え……」

答えってなんだろう。混乱する私をヴィンスが優しく見つめてくる。

「良い答えを期待しているよ」

さあ、帰ろうか、と言われ、ノロノロと頷く。

最後の最後にとんでもない発言をされ、完全に思考能力が止まってしまった私を、ヴィンスは丁重に屋敷まで送り届けてくれた。

# 第三章　分からないので、『彼』に相談した

「ただいま帰りました……」

ヴィンスに屋敷まで送ってもらった私は、よろよろとしながら自室へと戻った。

本来なら両親に帰宅の挨拶をするべきなのだろうが、とてもではないがそんな気分になれない。

帰り際、ヴィンスに言われた言葉がずっと頭の中を回っていた。

メイドを呼ぶ気にもなれなかったので、なんとかひとりで部屋着に着替え、ベッドにダイブする。とにかく気持ちを落ち着かせたかった。

「意味を考えて欲しいって……」

唇に手を当てる。まだ、彼の唇の感触が残っているような気がした。

「あああああああああ！」

思い出してしまい、ゴロゴロとベッドの上を転げ回る。

異性とキスをしたのなんて生まれて初めてで、全然落ち着くことができなかった。

「キスなんて……一生縁がないと思っていたのに……！」

両手で顔を覆い、ジタバタと暴れる。まさかこんなタイミングでファーストキスの機会があるとは思わなかった。しかも、相手はヴィンス。この国の王太子である。

「ヴィ、ヴィンスとキスとか……ひえ……」

よくよく考えると、とても恐ろしいことだと気づき、今度は変な声が出た。

しかし意味を考えろとは、ヴィンスもなかなかに酷なことを言う。

「ふ、普通に考えれば、異性にキスする理由なんてひとつしかない、わよね」

その異性を好ましく思っている。恋愛感情を抱いている。答えはこれしかないだろう。

だが、相手はヴィンスである。

少し考えれば分かる。あの、おそらくは恐ろしくモテるであろう王子が、男装を好むような女に本気で惚れるだろうか。

私が彼なら絶対にない。誰がそんな女を好きになるものか。

蓼《たで》食う虫も好き好きとはいうが、あまりにも蓼すぎはしないだろうか。

面白い友人枠がせいぜいだと思う。

「ええ、そうよね。あり得ない……」

大体、今までの私の婚約者候補たちだって、こんな女とは婚約できないと散々馬鹿にして断ってきたのだ。その事実があるだけに、本気だと彼が言ってくれたことは分かっていたが、それでも私を好きになるとは信じられなかった。

「一時の気の迷い……そうだ。それしかない」

思考がどうしてもマイナスに偏りがちになる。こういう時、誰かに相談できればいいのだが、不幸なことに私には友人と呼べるような人物はいない。可愛い女の子の知り合いはたくさんいるが、友達ではないのだ。相談を受けはしても、しようとは思わない。

「でも、できれば誰かに相談したい……って、そうだ!!」

突如として、閃いた。

がばりとベッドから起き上がる。

恋愛相談。そのスペシャリストを私はひとり知っているではないか。

「アレク。アレクに聞けば良いんだわ……!」

私が男装時に演じている彼。彼は今まで何十人もの女の子たちの恋愛相談に乗ってきた。いわば恋愛のプロなのだ。

アレクに聞けば、ヴィンスの本心が分かるかもしれない。そんな風に考えた。

「アレクなら私——ミーシャの相談にどう答えるのか……脳内にアレクを再現するのよ……! そして相談する。もうこれしかない!」

言っていることは馬鹿みたいだが、私は至って真剣だった。

あとで考えれば、何故そうなったと頭を抱えることこの上ないのだが、この時の私はそれだけ追い詰められていたのだ。

頭の中にアレクを思い浮かべる。姿を見せた脳内アレクに、私は心の中で語りかけた。

『あのね、相談に乗って欲しいの』

『相談？　もちろん他ならぬミーシャの頼みだ。遠慮なく話を聞かせて欲しい』

……よし、完璧だ。

いける。アレクを維持しながら、ミーシャとしての相談は十分に可能。そう判断した私は話を続けることにした。

『そ、その……私、さっきヴィンスにキスされたんだけど、ええと……どう、思う？　本気だとか、答えが欲しいとか言われたんだけど……いや、私を揶揄っているだけよね？　あのヴィンスが私を好きとかあり得ないわよね』

先ほど考えたことをそっくりそのまま伝える。相談相手が自分だと、変に取り繕う必要もないのでとても楽だ。

脳内にいるアレクがにっこりと笑みを浮かべる。私が鏡の前で百回以上練習した完璧な笑みだ。その笑みのまま彼は私に言ってのけた。

『そんなの聞くまでもないじゃないか。好き、以外ないだろう』

「ひえっ……」

つい、声が漏れてしまった。脳内アレクが容赦なく告げる。

『君だって知っているだろう。ヴィンスが人を傷つけるような冗談を言う男ではないことくらい。彼が真剣だったということは、君が一番よく分かっているのではないか？』

『うっ……』

ヴィンスが私に考えて欲しいと言った時の表情を思い出し、何も言えなくなった。確かにヴィンスは真剣だった。あれを見ておいて、冗談だろうなんて言って良いわけがない。

それでも一度後ろ向きになってしまった気持ちはなかなか変えられない。その心を正直に告げた。

『で、でも……ほ、ほら、ヴィンスって王子なのよ。次代の国王。そんな彼が男装趣味の女を好きになるとかあると思う？　私、自慢じゃないけど、この年まで婚約者のひとりもできないような女なんだからね？』

そんな私に、皆の憧れの的であろうヴィンスが惚れるか？　普通にあり得ないと思う。

だが脳内アレクは私の言葉をあっさりと否定した。

『そうか？　決めつけるのは良くないと思うが。君が信じられないと言うのなら、少し冷静になって考えてみてはどうだろう？　彼は王太子という忙しい身の上の中、君と会うために時間を作り、君に贈る服を選び、君が安心できる場所へと連れて行った。わざわざ森を貸し切りにまでして。そんなこと、好きでもない異性相手にすると思うか？　君に、好きな女性に喜んでもらいたかったから頑張ったとは考えられないか？　君に何度そつなくされてもめげなかったのも、君に振り向いてもらうために必死だったから。君にデートをしてもらうためだけに邪魔をして気を引いて……ほら、涙ぐましい努力じゃないか』

『あ、う……いや、でも……』

『もうひとつ決定的なことを言おうか。彼は君に愛称で呼ばせているだろう。そんな真似が許されている女性、君以外にいるか？　この件だけでも彼の気持ちを察せられると思うけどな。普通、好きでもない女性に愛称を呼ばせたりはしないだろう？』

『……い、いや、もしかしたら私が知らないだけで、他にも彼をヴィンスと呼んでいる人がいるのかも――』

『もし君がそれを本気で言っているのなら、さすがにヴィンスが気の毒だと思うぞ』

『……う』

呆れた声で言い返され、項垂れた。なんてことだ。否定したいのに否定できない。

脳内アレクが、今までにあった事実をあげつらっていくのを私はただ呆然としながら聞くしかなかった。

彼が、まるで私にいい加減にしろとでも言うかのように、はっきりと最後通告をする。

『つまり彼は君のことが好きなんだ。ほら、とても明白な事実だろう？』

「あああああああああああああああ!!」

思わず叫んだ。我慢できなかった。

頭を抱え、ベッドの上で再度のたうち回る。

嘘だ、あり得ないと言いたいのに、その全てをアレクに否定され、私は最早瀕死の状態だった。

だって、アレクの言葉は理に適っていたから。私のつまらないマイナス思考とは全然違う。事実をひとつずつ並べ、それに対し、冷静な推論を述べてきた。

そしてそれを聞いた私も、そうだろうなと心のどこかで納得してしまったのだ。

——ヴィンスは私のことが好き。

そう言われると、彼が今まで私に取ってきた行動が急に色めいたものに思えてくる。

夜会で邪魔されて鬱陶しいと思っていたけれど、あれは私と一緒にいたいという彼の分かりやすい意思表示だったのか。時折、屋敷を訪ねてきたのも、もしかしなくても女の私に会いたかったから……なのだろうか。いや、多分そうなのだろう。

ヴィンスは決して暇な人ではない。その彼がわざわざ時間を作って私に会いにきた。ただ揶揄うためだけにできることではないと、私は知っているはずだ。

会っている時だって、考えてみれば彼はいつも好意を口にしてくれていた。私を可愛いと言い、時々熱い眼差しで見つめてきたことだって本当は気づいていた。

今日のデートだって、彼は終始一貫して私を気遣ってくれた。

女性たちに偶然でも会いたくないと思う私に配慮して、誰もいない森へ連れて行ってくれたのだ。そこでだって、彼は私を楽しませてくれた。そうだ。私はずっと楽しかったのだ。

どうしてそこまでしてくれたのか。『好き』以外にないだろう。ただの厚意でできることではない。彼が『もう分かっているはずだ』と言ったのも当然だ。

ここまでされて気づかないとか普通にないと思う。……気づきたくなかっただけで。でも多分、ヴィンスはそう考える私の気持ちまで分かっていたのだろう。だから考えて欲しいと言ったのだと今は思う。

「……アレク、すごすぎるわ」

じたばたと暴れるのを止め、ため息を吐いた。

その場の思いつきだけで脳内アレクを召喚してみたが、なるほど、女の子たちが彼にこぞって恋愛相談をするのも納得としか言えなかった。

いや、アレクは私なのだけれども。それは分かっているのだけれど、なんと言うか、確かにアレクならこんな風に返すなと自分で相談しながら思ったのだ。

アレクからしてみれば、どうしてヴィンスの気持ちを冗談として片付けようとするのか不思議で仕方ないというところだろう。だから真剣に向き合えと助言する。でなければ後悔するぞ、と。

「はは……」

……うん、いつもの彼だ。私相手にも容赦しないところが如何にも彼らしい。

「なんて頼りになる相棒……というか私」

呟きつつ、ベッドの上に足を揃えて座り直す。相談はまだ始まったばかりだ。これで終わるつもりはない。いや、終わらせてはいけない。

私は深呼吸をし、気持ちを整えてから、再度脳内アレクに語りかけた。

『わ、分かったわ。あんまり分かりたくなかったけど、あなたの言い分は理解したし、私が認めなかっただけだってことも悔しいけれど認める。だからその……教えてくれない？

私はその……これからどうしたらいいのかしら？』

『どうしたらいい？　つまり、彼への返事をどうするかということかな？』

『そ、そう、ね』

脳内アレクが、こうぼかしたいところを容赦なく突いてくる。いや、曖昧な回答など期待していないからこれでいいのだが……なんかこう、グサッとくる。

『返事、か。うーん、そうだな。逆に尋ねるが、君はどうだったんだ？　キスされたんだろう？　嫌だとか、そういうことを思ったのか？』

『えーと』

　自分自身だから構わないのだが、デリカシーがなさすぎて泣きそうだ。くそ、アレクめ。他の女の子たちが相手なら、もっとオブラートに包んだ物言いをするくせに、私相手だとちょっとズバズバ言いすぎじゃないか？

　自分で自分に文句を言いつつ、だけども助かっているのは事実なので正直に言う。

『……その、嫌とかはなかったわ』

　つい先ほどのことを思い出し、顔を赤くしつつも答える。唇の感触には驚いたけれど、別に嫌悪とかはなかった。柔らかくて温かくて……そのとても恥ずかしかったと思う。それだけだ。

『ふうん』

『な、何よ』

　私の答えを聞いたアレクが意味ありげに笑う。そういう仕草も格好良く、さすが私だと感心してしまう。うん、今後ももっと精進して、更に格好良くあれるよう頑張ろう。

『嫌じゃなかったって言うのなら簡単だと思っただけさ。ミーシャ、君、ヴィンスのことが好きなんだろう』

『っ⁉』

『突然の口づけ。しかもファーストキス。それが嫌じゃなかったなんて、好き以外にないと思うけど。良かったじゃないか。晴れて両想い。私も好きですと言ってきたらいい。きっとヴィンスは喜んでくれるさ』

「イヤアアアアアアアアアアアア!!」

脳内アレクに清々しいほどはっきりと断言され、私は先ほどよりも大きな悲鳴を上げた。

三度、ベッドの上でのたうち回る。枕に頭を埋め、羞恥に震えた。

「無理……無理……」

私がヴィンスを好きとか！　あまりにもあっさり告げられた言葉を受け入れられない。

うあああああと呻いていると、どんどんと扉が叩かれた。

「お嬢様!?　どうなさいましたか？」

聞こえてきたのは執事の声だ。

どうやら今の叫び声が外にまで漏れていたようだ。絶叫が聞こえれば、確認にもくるだろう。再度部屋の扉をノックされ、私はハッと我に返った。

「な、なんでもない……なんでもないの……」

「なんでもない？　ですが……」

「本当になんでもないから！　お願いだからしばらくひとりにして……！」

「……はあ。分かりました」

私の必死の思いが伝わったのだろうか。

疑わしい様子ではあったが、なんとか執事は部屋の前から立ち去ってくれた。足音が遠ざかっていったのを確認し、ホッと息を吐く。

「気をつけないと……」

どうして騒いでいたのか、理由を聞かれたら羞恥心とか色々なものが死ぬ。

それは絶対に嫌だ。

これ以上騒がないようにしようと自分に言い聞かせ、私は三度脳内アレクに話しかけた。

『そ、その……私が彼を好きとかいう話だけど』

『うん？　まだ続いていたのか、その話。もう解決しただろう？　君も自分がヴィンスを好きだと納得した。違うのか？』

「違うわよ!!」

「お嬢様？」

また執事の声が聞こえ、「なんでもないわ！」と大声で叫び返した。

しまった。気をつけようと思った矢先に叫んでしまった。

コホンと咳払いをし、扉の向こうにいる執事に言う。

「ちょっと、信じがたい話を聞いただけだから……その……しばらく叫んだりするかもだけど、気にしないでくれると嬉しいわ」

「はあ」

「ちょっと私にも思うところがあるの」

「……そう、ですか」

声音から『このお嬢様、大丈夫かな』という思いを感じ取り、顔が引き攣った。今まで男装している以外は、普通のお嬢様と思われていたはずなのに、この件で変人令嬢などと認識を変えられたら、本気で泣く。

「落ち着いて、私。そう……落ち着くのよ」

執事を再度追い払った私は大きく深呼吸をした。全く、ヴィンスのせいで大変な目に遭っている。

『いや、元はといえば君のせいだろう』

「うるさいわね」

脳内アレクが何故か突っ込みを入れてきた。話しかけているわけでもないのにどういうことだ。私もアレクを脳内で維持することに慣れてきたということだろうか。

そんな特殊能力を鍛えたくはなかったが、まあいい。

今、考えなければならないのは、私がヴィンスを好き……かもしれないということ。

『かもではなく、どう考えても好きだと思うが』

『認めたくないの。だって今までそんなこと考えたこともなかったもの』

『そうか？』

アレクの言葉に硬直する。またこちらが発狂しそうなことを言われそうだと察したのだ。

『アレク、ちょっと待って――』

『今までだって君は何度もヴィンスにときめいていただろう？　彼に対し、かなりの好感情を抱いていたのは知っているぞ。まあ、当然だと思うが。男装している君に対し、揶揄いや中傷目的以外で近づいてくる男性なんて今までいなかったものな。君は彼を邪魔だと思っていたかもしれないが、同時に嬉しいとも感じていたはずだ。女性の格好を褒められたのも、名前を呼ばれたのも悪くないと思っていなかったか？』

「あ！　……あああああああ……」

叫んではいけないと、慌てて己の口を押さえた。それでもか細い悲鳴にも似た声は出る。

『デートに誘われたのも嬉しかっただろう？　自分のために森を貸し切りにしてくれた時、どう感じた？　一緒に花輪を作って釣りをして、楽しくなかったとは言わせないぞ』

『……うあああああ』

アレクの言葉に何も反論できない。全部、覚えがあった……というか、気づかないふりをしていただけで本当は私も分かっていたのだ。とうとう黙り込んでしまった私に、彼はとどめとなる一言を言い放った。

『いい加減認めろ。君は、彼のことが好きなんだ』

――あ、もう、無理。

その日、私はショックで一睡もできなかった。

◇◇◇

あれから数日が経ち、ヴィンスが笑顔で屋敷にやってきた。相変わらず、事前の訪問連絡がない。

いや、今日のこれもわざとだろう。私が逃げないように、その隙を与えないように、なんの連絡もなく訪れたのだ。おそらくは、私の答えを聞くために。

ヴィンスはいつも通り、一分の隙もない格好で私の前に立っている。

「やあ、ミーシャ。ごきげんよう」

ここ何日か、眠れぬ夜を過ごした私とは正反対だ。

――うう、私はこんなに悩んでいたのに……。

くっきり目の下に濃いクマを作ってしまった私とは大違い。顔色も良いし、声にも張りがある。この人、本当に私のことが好きなのかなと思わず疑ってしまうくらいには普通の様子だった。

――普通は、もっとこう、色々気になったりして大変なんじゃないの？

好きな人に告白したあとなのだ。相手がどう答えるのか気になり、眠れぬ夜を過ごした分かる。

……とか、そういうのが普通なのではないだろうか。……知らないけど。自分が死ぬほど悩んだだけに腹立たしい。だが、それを言ってはいけないことくらいは分かる。

「……どうぞ、こちらへ」

この何日かで数キロも痩せた心地になった私は、ため息を吐きたい気持ちを堪え、彼を一階にある応接室へ通した。

王子が来たと、執事やメイドたちは嬉しげな様子だ。両親にもすぐに状況は伝えられただろう。知っているのに出てこないのは……多分、邪魔をしないようにとか、そういう要らない気を遣っているのだと思う。両親は、すっかり私がヴィンスとどうにかなることを期待しているのだ。

「それで――私が今日来た理由。さすがに分かってくれていると思うんだけど」

執事がお茶を用意し、ふたりきりになったところでヴィンスが話を切り出した。

何も言わないのにふたりきりにしていく辺り、両親からなんらかの指令が出ていることは間違いないだろう。そのことには頭痛がするが、告白の返事を誰かに聞かれるとか耐えがたい苦痛なので、ここは素直に感謝しようと思った。

「ええと、この前のお話の返事、ですよね」

「うん。……考えてくれた？」

こちらを窺うヴィンスの目が、一瞬揺れたのを私は見逃さなかった。

平然としているように見えたが、彼もやはり不安だったのだろうか。

ヴィンスも同じような気持ちを抱えているのかもしれない。そう思うと、少しだけ勇気が湧いてきたような気がした。

「……ヴィンス」

「うん」

真剣な目でこちらを見てくる彼に、私も真剣に返さねばと心に決める。

そうしてこの数日の間、アレクと語り、睡眠時間を削って出した結論を彼に告げた。

「……その、すっごく物好きだなとは思うんですけど、ヴィンスは私のことが好き、なんですよね？　その、恋愛の意味で」

自分からこんなことを言うなんて、どんな自惚れやだと思いつつも聞くと、彼はあっさりと肯定した。

「うん、そう。大当たり。私は君のことが好きなんだ。……でも、驚いたな。てっきりそんなはずはないって否定されるものだとばかり思ってたよ」

「……そうしたかったんですけどね」

乾いた笑いが出る。

脳内アレクにあそこまで言われてしまえば、もう否定もできなかったのだ。

諦めて腹を括って認めるしかない。

しかし、私に否定されると思っていたのに、ヴィンスは自分から行動に出たのか。それは素直にすごいなと感心する。私には無理だと思うからだ。

「で、私の気持ちを分かってくれたところで、返事は？」

当たり前だが告白の返事を聞かれた。ここが一番の勝負所だと思い、深呼吸をしてから彼に告げる。

「……とても信じがたい話なのですが、どうやら私も好き、みたいです」

精一杯、真摯に告げたつもりだったのだが、何故かヴィンスは苦笑した。

「え、なんですか」

「あ、うん。ミーシャ、すっごく複雑そうな顔をしてるから。まさかそんな顔をして『好き』と返されるとは思わなかったよ」

額の辺りを示され、その場所を押さえる。どうやら思いきり眉を寄せていたようだ。

真面目に告白の返事をしたはずなのに、どれだけ不本意だったのか、我ながらびっくりだ。

「す、すみません。でも、自分でも不思議なんです。最初は確かに鬱陶しいとしか思っていなかったはずなのに、どうしてこうなったんだろうって。ずっと考えているのに答えが出なくて、正直今でもちょっと自分が信じられません」

本心を告げると、ヴィンスが興味津々な様子で私に聞いた。

「じゃあどうして私のことを好きだって認めたの？　話を聞く限り、どこにもそんな要素がないなって思ったんだけど」

「……キスが嫌じゃなかったんです。そうしたら、私の中にいる脳内アレクが言うわけですよ。それは私がヴィンスのことが好きだからだって。……否定できませんでした」

頬に手を当て、その時のことを思い出すように言う。目の前に座っていたヴィンスがぽかんとした顔で私を見た。ストップと言うように、片手を前に出す。

「ちょっと待って。今なんて言った？　え？　脳内アレク？　脳内アレクって言ったの？」

「はい」

「ええと、それ、何？　説明を求めてもいい？」

「はあ……」

頷きながら、脳内アレクがどんな存在なのか、そしてどうしてそのような考えに至ったのかを説明すると、彼は数瞬黙ったあと、突然大声で笑い出した。

「あははっ！　あはははははっ！　何それ！　何をどうしたらそんな発想になるの！　脳内アレクって……はははははっ！」

「ちょ、笑わないで下さいよ。だってアレクは恋愛相談のプロなんです。プロに相談して何が悪いって言うんです？　適任だと思いませんか？」

「適任って……つまりは自分に相談したってことでしょう?」

「はい」

その通りなので頷くと、ヴィンスは何がおかしいのか、更に大声で笑い出した。ひぃひぃと笑い、腹を押さえ、笑い転げている。

「ちょっと待って……駄目だ。おかしい。ミーシャ、君、前から思っていたけど面白すぎるよ。ほんっとう、飽きない人だね」

「……私は真剣なんですけど」

「う、うん……分かってる。ごめん。でもいや、おかしくて……」

笑いすぎて涙が出てきたのか、ヴィンスが目尻を指で拭った。

「あー、おかしかった。で? 君の中にいる脳内アレクに恋愛相談して、私のことが好きって認めるに至ったって話なんだね?」

「その通りです」

「あっ、駄目だ。せっかく笑いを納めたのにもう面白い……ひぃ」

バンバンとソファを叩き、一笑いしたあと、ヴィンスはふうと息を吐いた。

「ご、ごめん。君の発想があまりにも突飛で……本当、私の好きな人は面白いね。なんだろう。今の件でますます君のことが好きになったんだけど」

「……趣味悪いって言われません?」

「どこが？　我ながら最高の女性を好きになったと思っているけど？　すっごく可愛い人なのに、男装しているせいでその可愛さは私以外の誰も知らないんだよ？　はっきり言って優越感しかないよね」

「はあ……そうですか」

「しかも君は意外性に富んでいて、話していても楽しいし、もう私は君なしの人生なんて考えられないとまで思っているんだよ」

「それは少々大袈裟ではありませんか？」

大体、私はそんな言うほど面白い人間ではない。ちょっと男装が趣味なだけの、真っ当な女性なのだ。そう言うと、またヴィンスは笑い出しそうになったが、なんとか堪えた……ように見えるが「んんっ」と誤魔化しているので、多分笑ったな、これ。

「じゃ、じゃあ、私たちは両想いってことで良いんだよね。その……ずいぶんとグダグダになってしまったけど、改めて言わせてもらって良いかな。ミーシャ、私は君のことが好きだ。だから君さえ良ければ、私と付き合って欲しい」

「はい」

元々そのつもりだったので迷わず頷く。

好きだと認めたのなら、そして相手も望んでくれているのなら付き合わないという選択肢はないと思うからだ。

「こちらこそよろしくお願いします。その、私の何が良かったのかは分かりませんけど」

「ん？　君の全部が好きだけど。でも切っかけはあれかなあ。君の屋敷に初めてきた時。女性の格好をしている君を初めて見て、男装とのあまりのギャップに恋に落ちたんだ。びっくりしたよ。人ってこんなに簡単に恋をするんだって、正直自分でも信じられなかった。でも、君のことが好きで好きで堪らなくてね。そう自覚してしまったらあとはもう、君に意識して欲しくて、私を見て欲しくて必死になってたんだ」

「……や、あの……もう、結構ですから……」

軽い気持ちで何が良かったのかと呟いたら、反射で答えが返ってきた。

好きになった経緯とか、知りたくないわけではないが、なんというかものすごく恥ずかしい。

彼の言葉を聞けば聞くほど顔が熱くなっていく。

「ヴィ、ヴィンス、もうそのくらいで……」

勘弁して欲しいという気持ちで止めると、彼は残念そうな顔をした。

「え、まだまだ語れるけど」

「要りません」

「遠慮しないで。可愛い恋人のことなら、いくらでも話したいから」

「……ヴィンスって、アレクよりも恥ずかしいことを平気で言いますよね。人のこと言えないと思います」

以前、ヴィンスに言われたことを思い出しチクリと告げると、彼は当然のように言い放った。

「え、恥ずかしい？　何が？　大体、私はミーシャ限定だよ。君みたいにどんな女の子に対してもってわけじゃない。好きな人に対してだけの私の方がよほど節操があると思わない？」

「……」

やぶ蛇だった。

ヴィンスの言葉に何も言い返せなかった私は、それ以上は大人しく口を噤むことを決めた。

◇◇◇

「ええと、これからどうなさいますか？　お帰りになります？」

恋人として付き合うということを決めたはいいが、今から彼はどうするつもりなのだろうか。

王太子は忙しい。もしかして返事を聞きにきただけですぐにとんぼ返りしてしまうのかなと思ったのだが、彼から返ってきたのは意外な言葉だった。

「これから？　え、普通に君と過ごすつもりだけど」

どうしてそんなことを聞くのかという顔をされ、私の方が戸惑った。

「お忙しいのでは？」

「できたばかりの恋人を放置して帰るほど、忙しいことはないよ。君だって、せっかく両想いになった恋人に帰れなんてそんな酷いこと言わないだろう？」

「それは……はい、言いませんけど」

用事がないのなら、別に構わない。

ただ、恋人とやたら連呼されるのは恥ずかしかった。否が応でも、彼とそういう関係になったのだと思わされてしまう。

なんというか、照れくさい。

恋人という言葉をひとり嚙みしめていると、ヴィンスが言った。

「私としては、君の部屋を見てみたいなって思うんだけど。良かったら案内してくれない？」

「え、部屋、ですか？　私の？」

予想外の言葉に目を瞬かせる。ヴィンスが大きく頷いた。

「うん、そう、君の部屋」

「ええと、何かご用でも？」

「別にないけど……恋人の部屋を見たいと思うのはおかしいかな？　どんな部屋で暮らしているのか、純粋に興味があるんだ」

「はあ、そう……いや、おかしいですよね、絶対！」

流されてしまいそうになったが、寸前で留まった。

「いきなり部屋に来るとかないですよ！」

「えー、相手が恋人なら普通だと思うけど。ふたりきりで過ごすのに自室って最適な選択だよね」

「ないない、ないです」

ぶんぶんと首を振る。

いや、本当に止めて欲しい。

別に見られて困るものがあるわけではないが、こちらにも心の準備が必要なのだ。部屋に来るというのなら、せめて一週間前くらいには事前告知して欲しいし、大体、部屋でふたりきりとかさすがにどうかと思うのだ。

相手が恋人という関係性でふたりきり。……男性と付き合ったことのない私にだって、何事もなく終わるはずがないと分かる。

だから真顔で彼を窘めた。

「ヴィンス」

「うん？」

「脳内アレクなら間違いなくこう言います。『付き合っていきなり部屋に行きたいなんて言う男は下心しかない。そんな不誠実な男には、即刻別れを告げてやるといい』って。私もそう思います」

「えー」

不満ですと言わんばかりにヴィンスが唇を尖らせるが、私の方に引く気はない。

実際、私の脳内にいるアレクは「それは止めた方がいい」と私に言っていた。

『男が女の部屋に行きたいなんて、下心しかない。君が彼に抱かれたいというのなら止めはしないが、まだその気がないのなら止めておいた方が良い』と。

私も全くの同意見だ。

「下心って言い方が酷いよ。……あ、もしかして、私が君に手を出すとか思ってる？」

ムッとしたようにヴィンスが私に文句を言う。それに「おや」と思った私は、素直に聞いた。

「え、出さないんですか？」

「いや、出すけど」

「……」

こちらの勘違いか、それなら謝ろうと思った矢先に、あっさりと肯定された。無言になるしかない私にヴィンスがいけしゃあしゃあと言う。

「だって恋人と部屋にふたりきりとか、抱かない方がおかしくない？　成人した男女だよ？　好き合ってるんだよ？　普通、するよね」

「その考え自体がおかしいですね。残念ですが私とは意見が相容れないようです。今日はこのままお帰り下さい。御出口はあちらです」

「恋人相手にそれは酷くない？　あとさ、その御出口はあちらにっていうの、結構傷つくんだけど。前にも言われたよね」

「それを言わせたのはヴィンスですよ。その……私は、付き合うとかそういうの、初めてなんですから少しはペースを合わせて下さい。いくらなんでも早すぎます。別に嫌だって言ってるわけではないんですから……」

何を言っているんだと自分に突っ込みを入れつつも、思うところを正直に告げた。ヴィンスがパチパチと目を瞬かせる。

「……えっと、あ……そう、そうなんだ」

「……はい」

微かにではあるけれど、それでも首を縦に振ると、ヴィンスが「そっか」と己の頬を掻いた。

「そういうことなら……うん。待つよ。ごめん。君の気持ちも考えず先走ってしまったね。無理強いして、君に嫌われるなんて絶対に嫌だし。君の脳内アレクに交際を考え直せなんて言われるのもごめんだ。今日のところは引くことにする」

「……良かった」

どうやら分かってくれたらしい。心からホッとしていると、ヴィンスがまたもや余計なことを言った。

「それなら今日は、君のお父上に挨拶するだけにするよ」

「は？」

——挨拶？

一瞬、何を言われたのか分からなくて、時間が止まった。分からないままヴィンスに確認する。

「ええと、父に、ですか？」

「うん、そう。ご在宅だよね？」

「はあ……それはそうですけど」

首を傾げる私にヴィンスが両手を広げ、さもそれが当然であるかのように言う。

「ほら、私たちはこうして付き合うことになったんだからさ。親御さんに挨拶するのは当然だと思うんだよね。大体、私は王太子なんだ。そういうことはきっちりとしておかないと後々拙いことになる」

「拙いこと、ですか？」

「……遊びで手を出したんじゃないかとか、根も葉もない噂が飛び交うかもってこと。だけどきちんと挨拶しておけば、少なくとも君の両親はそんな誤解はしないだろう？　もちろん城に帰り次第、父にも報告するつもりだよ。私は君と真面目に付き合うつもりなんだって、皆に分かってもらうのは大切だと思う」

「たし……かに？」

ヴィンスの言っていることはいちいち尤もで、納得できた。

確かに何も言わなければ、ヴィンスは冗談か何かで私と付き合っていると思われかねないだろう。私は彼がそういう人ではないと分かっているが、私自身に良い噂がないのは周知の事実だ。男装令嬢と真面目に付き合うわけがない。そう考える人たちだっていると思う。

「私としても変な誤解をされるのは嫌だしね。こういうことは最初にきちんとしておきたいんだ。それにさ、ひとつ聞くけど、付き合っているのに相手の両親に挨拶に行かない男を、君の中にいるアレクはどう判断すると思う？」

「信用ならないって答えると思います」

実際、私の脳内アレクは『そんな男は、最低だ。何か後ろ暗いところがあると思われても仕方ない』と断じていた。

――なるほど。

ヴィンスは筋を通そうとしてくれているのだなと大いに納得した私は、彼に言った。

「分かりました。父の書斎にご案内します」

◇◇◇

「……遅い」

ヴィンスが父の書斎に入ってから、すでに三十分が経過していた。

付き合うという報告をするだけなのに長すぎる。いい加減、待つのも疲れてきたと焦れていると、ようやく扉が開き、ヴィンスと父が出てきた。

父はやけに嬉しげな様子で、ペコペコとヴィンスに頭を下げている。

「殿下、ありがとうございます。どうかよろしくお願いいたします……！」

「頭を上げて。お礼を言われるようなことは何もしていないんだから」

「いいえ……こちらとしては本当にありがたい限りでして……」

苦笑するヴィンスに、父はしつこく頭を下げた。

娘にようやく恋人ができて嬉しいのだろう。その気持ちは長年心配を掛けていた自覚はあるので分からなくもないが、そこまで喜ぶことかとも思ってしまう。

——いや、まあ、嬉しいのかもしれないわね。

何せ男の影すら見えなかった娘に恋人。しかも相手は王太子なのだ。身元がしっかりしているどころの騒ぎではない。父としては是非とも交際を続けてもらって、あわよくば王太子妃……なんて分不相応な野望を抱いているのだろう。さすがにそれは無理だと思うのだけれど。

何せ、私の男装趣味は社交界中に広く知れ渡っている。そんな女が王太子妃など本当に分不相応でしかない。いや、身分自体は公爵家の娘なので何も問題ないのだけれど、それ以前の問題なのだ。

ふたりのやり取りをぼんやりと眺めていると、ヴィンスが爽やかな笑みを浮かべ、私に言った。

「じゃあ、そろそろ私はお暇させてもらうよ。あまり長居するのも失礼だし、部屋を案内して欲しいってお願いして、別れるなんて言われるのも困るからね」

「……話を蒸し返さないで下さいよ」

先ほどのやり取りを思い出し、憮然とすると、ヴィンスは楽しげに言った。

「ごめんごめん。ちょっと意地悪だったかな。私は気にしてないから、君も気に病む必要はないよ。ええと、次に会えるのは……来週末の夜会かな」

「……はい。多分そうだったと思います」

予定を思い出し頷く。彼を見送るべく、父と一緒に玄関ホールまでついていった。

「じゃあまた」

ヴィンスが優雅な仕草で私の手の甲に口づける。あまりにも自然に行われたせいか、咄嗟に反応できなかった。数秒遅れて、まるで思い出したかのように羞恥がやってくる。

「ヴィ、ヴィンス。い、今のは……」

「恋人へのお別れのキスだよ。——唇にした方が良かったかな?」

「い、いえっ！　これで十分ですっ！」

顔が真っ赤になっているのが見なくても分かった。私が動揺したのがよほど楽しかったのか、ヴィンスが笑顔で言う。

「人目もあるしね。唇というのはさすがに冗談だよ。でも、君の可愛い反応を見ることができて良かった」

「そ、そう、ですか」

「うん。それじゃ、次の夜会で。君に会えるのを楽しみにしてる」

執事から帽子とステッキを受け取り、ヴィンスが上機嫌な様子で馬車に乗り込む。扉が閉まる直前、彼は私に向かって手を振った。反射的に私も振り返し、そんなことをしてしまった己に身悶えしながらも、去って行く馬車を見送る。

玄関ホールには彼を見送った私と父、そして執事たちだけが残っていた。

「……」

最後は少し恥ずかしかったが、思ったよりはあっさり帰ってくれたなと安堵の息を吐く。

正直、ありがたかった。

ヴィンスとの関係の変化にまだ気持ちが追いついていなかったし、少し落ち着く時間が欲しいと思っていたからだ。

でも――。

――恋人。恋人かあ……。

なんだろう。じわじわくる。

部屋に来ることは拒否してしまったが、言った通り突然すぎて無理だっただけで、彼と恋人になれたこと自体は嬉しいと思っているのだ。

好きな人と付き合う。自分には縁のないものと思っていただけに、これからを想像すると気持ちが浮き立って仕方ない。

次の夜会で会ったら、なんと言って声を掛けよう。いや、夜会へはアレクとしてしか行けないから、そこは普段通りにするしかないか。

もし彼がまた屋敷に来てくれるのなら、庭を一緒に散歩したりしても楽しいかもしれない。

そんなことを考えていると、父が私の名前を呼んだ。

「ミーシャ」

「？　なんでしょう、お父様」

父を見る。父は満面に笑みを浮かべていた。そうして私の両手を取り、快哉を叫んだ。

「でかした！　でかしたぞ、ミーシャ！　私はお前がいつかやってくれる娘だと信じていた!!」

「へ？」

――なんの話？

父にぶんぶんと両手を上下に振られながらも首を傾げる。思い当たる節はひとつだけだ。ヴィンスと恋人になったこと。多分、それを褒められているのだろう。

だが、と父をもう一度見た。

父はすっかり浮かれきった様子で、今にも踊り出さんばかりだ。

いくら王子が相手とはいえ、恋人になっただけでこの喜びようはさすがにおかしくないか？　そう思い怪訝な顔で父を見たが、次に父が口にした言葉を聞き、唖然とした。

「殿下に婚約を申し込まれるなんて……！　なんという名誉なのか。ああ、我が家から王太子妃が……！　めでたい、めでたいぞ！　今夜はご馳走だ!!　宴だ!!」

「……は？」

開いた口がふさがらないというのはこういう時に使うのか。

まさに言葉通り、口をポカンと開けたまま、父の顔を見る。感極まったのか、父はついに私の手を離し、ひとりでクルクルと踊り出した。

愕然とする私を余所に、話を聞いた執事たちも口々に「おめでとうございます」と笑顔になる。

ただひとり、ついていけないのは私だけだ。

「え？　え？　ええ？」

「もちろんお受けしたぞ！　お前と殿下は付き合っているのだから、問題ないな？」

キラキラとした笑顔を向けられ、顔が引き攣った。

——いやいや、全くもって問題しかないんだけど。婚約なんて聞いてない！

付き合おうと言われて同意はした。でも婚約？　全く身に覚えのない話だ。

だが、全力で喜んでいる様子の父や、涙を流して祝福してくれている執事たちを前に、「身に覚えがありません」とはさすがに言えない。

なんとか父たちに話を合わせつつも、私は次回の夜会でヴィンスに会ったら、絶対に詳しい話を聞き出してやろうと心に決めた。

# 第四章　女は度胸という言葉は嫌いじゃない

焦れる思いで待ち、ついにやってきた週末の夜会。私は不退転の決意をもって、ヴィンスに挑んだ。

彼の姿を見つけ、真っ直ぐに歩み寄る。

ヴィンスはひとりでワインを飲んでいたが、私の姿を見ると嬉しげに顔を綻ばせ——すっと真顔になった。

ワインを近くの侍従に渡し、こちらに近づいてくる。それを好機とみた私はこれ幸いと彼に話しかけた。

「ヴィンス、少しお話が——」

「ねえ、どうして男装姿なの？」

「え……？」

告げられた言葉の意味が理解できず、立ち止まる。

私が夜会に男装姿で来るのはいつものことだ。それを何故責められなければならないのか。さっぱり意味が分からなかった。

「ヴィンス?」

「恋人との初の逢瀬だよ? ドレス姿の君と踊れるかなと結構期待していたのに……」

「え、いや、それ……は……」

ムッとした顔で文句を言われ、言葉に詰まった。

確かに今日はある意味、恋人になって初の逢瀬……と言えるかもしれない。そこへ私が空気を読まずにのうのうと男装姿で現れたわけだ。

——ちょっと悪いことをしたかな。でも、しょうがないじゃない。

悪いとは思う。だが、普通に考えれば分かるものではないか。私が夜会にドレス姿で現れるとかあり得ない。

「ヴィンスの期待を裏切ってしまったことは申し訳ありません。ですが、私がこういう女だとあなたは知っていらしたのでは?」

「知っているけど、今日くらいはって期待したんだよ。だって……私たち、婚約したんだよ!?」

「それ! そのことについて聞きたかったんです! 一体どういうことなんですか! 私

は何も聞いていませんが!!」

話題が聞きたかったことに移ってくれたのをこれ幸いと、私はヴィンスに詰め寄った。

「なんですか、婚約なんて……。確かに付き合うことは了承しましたが、婚約なんて一言も……」

「じゃあ聞くけど。君は付き合っているのに責任を取ろうともしない男のことをどう思うの。今の君は『アレク』なんでしょう? 答えられるよね?」

「は? そんなの決まっているじゃないですか。そんなクソ野郎は最低なので別れた方が良いと進言しますよ。未来を考えない男と付き合っても、時間を無駄に浪費するだけですからね。女性が可哀想です。婚期を逃したらどう責任を取るつもりですか」

ミーシャとしては答えられなくても、アレクとしてならいくらでも言葉が出る。

常日頃から、女の子たちに相談を受けた時に言っている言葉をヴィンスに告げると、彼も大きく頷いた。

「でしょ。私もそう思う。つまりね、私は責任逃れするクソ野郎にはなりたくなかったんだよ」

「……だから、父に婚約を申し出たのですか。その気持ちを嬉しくないとは言いませんが、陛下がお知りになられたらどんなに嘆かれるか。男装趣味の女との婚約などお認めにはならないでしょう」

吐き捨てるように言った。

現実くらい見えている。男装するような女に需要がないことは百も承知だ。それでも男装を止めようと思わないだけ。

それがたとえ、恋人となったヴィンスのためであっても、だ。彼と付き合うことを了承しても、男装を止める気はさらさらないし、もし止めろと言われた日には、彼と別れることを即座に決意する心づもりだ。

だがヴィンスは私の決意など知りもせず、平然と言った。

「何を言ってるの？　父上は喜んでいらっしゃったよ？　ようやく相手を決めてくれたって。しかもその相手は公爵家の令嬢だからね。何も言うことはないってさ」

「こ、公爵家の令嬢と言っても私は――」

「男装趣味だからって？　それの何が問題なのか私には全く分からないな。実際の君は男装が趣味でも恋愛対象は男で、私のことが好きなんでしょう？　それ以上何か必要？　父上だって何も問題ないっておっしゃっていたよ。ただ……そうだね。せっかく相手を決めたのなら、結婚するまで絶対に逃げられないようにしておけとは言われたかな。当然、逃がす気なんてないから、もちろんですと答えておいたけど」

はんっとせせら笑い、ヴィンスは言った。

「私はね、昔から言っていたんだ。勝手に決められた相手と結婚するつもりはないってね。

人生を共にする相手くらい自分で選びたいじゃないか。で、その私がようやく相手を決めたというわけ。しかもどこの馬の骨を連れてくるかと戦々恐々としていたところに『公爵家の令嬢と結婚する』だ。父上が諸手を挙げて喜ぶのも当然だと思わない？」

「……それは」

自由すぎる息子を持った国王が、如何に苦労しているのかを知り、乾いた笑いしか出ない。いや、王子なのだから、その辺りは義務として……と進言しようと思ったが、私にそれを指摘する資格がないことに気づけば黙るしかなかった。

どう考えても、結婚なんて知るものかと男装三昧の日々を送っていた私の方が罪が深い。

何も言えなくなってしまった私に、ヴィンスが言う。

「ま、そういうことだから、君は何も心配しなくていいんだよ。父上はお喜びで、君のお父上だって婚約を了承してくれた。私たちの間にはなんの障害もない。分かってくれたかな？」

「……」

分かってくれたかな、ではない。

だが実際、ここまで外堀を埋められてしまえば何も言えない。

なんということだ。恋人だと思っていた相手が知らぬ間に両家の親を巻き込んで婚約者にアップグレードしていたとか、冗談みたいな話である。

——いや、でも、責任を取ろうとしてくれているという意味では誠実なわけだし……。

それに、私だって彼と婚約するのが嫌なわけではない。

ただ、国王が賛成するはずがないと思っていただけだったので、その国王が良いと言うのなら、そして私の父も賛成しているなら、むしろ好きな相手と結婚できるというのは幸運な話ではないだろうか。

——そ、そっか。私、ヴィンスと結婚できるのね……。

なんだろう。急に恥ずかしくなってきた。

浮かれそうになる気持ちをなんとか抑え込むべく深呼吸をする。そこへ女の子たちが鼻息も荒く話に乱入してきた。真ん中にいる令嬢が興奮気味に口を開く。

「あ、あの……お話が聞こえてしまったのですが……その……殿下とアレク様はお付き合いなさっているのですか?」

興味津々の顔で聞いてくる。他の女の子たちも似たような表情だ。

「え、ええと、だな」

即座に言葉を返せなかった。言葉に詰まる私の代わりに、ヴィンスが笑顔で肯定する。

「うん。実はそうなんだ。というか、私たちはこの度正式に婚約してね」

「えっ……そうなのですか……！　ご婚約という言葉は聞こえていたのですが、本当に？」

驚いたように私とヴィンスを交互に見つめる女性たち。私はと言えば、心臓がバクバクするくらいに緊張していた。

『アレク』が男と婚約することを彼女たちがどう思うのか、それが心配だったのだ。

そんな私の気も知らず、ヴィンスはあっさりと頷く。

「うん。多分、来年には結婚すると思うよ」

「まあ！　そうなのですね。おめでとうございます！」

「ふふ、ありがとう。半年以上続いた片想いがようやく報われた心地だよ」

「殿下がアレク様をお好きなことは、皆が存じ上げていたことですもの。想いが成就されて、私たちも嬉しいですわ」

きゃあと黄色い声を上げてはしゃぐ女の子たち。そんな彼女たちを見ながら、私は「あれ？」と内心首を傾げていた。

どうして自分が祝福されているのか理解できなかったのだ。

だって女の子たちからしてみれば、『アレク』として話している私が男と結婚するとかあり得ないはず。それなのに彼女たちは実に嬉しげな様子でヴィンスの話を聞いている。ちょっと信じられなかった。

——え、え、え？　夢を壊されたって怒るところじゃないの？　どうして喜んでくれているの？　意味不明なんだけど！

もう何がなんだかさっぱり分からない。だが、彼女たちの様子を見れば、本心から私たちを祝福してくれているのは理解できるわけで。

頭の中がクエスチョンマークでいっぱいだ。

混乱しすぎて、会話に参加すらできない私を余所に、ヴィンスと彼女たちは楽しげに話し続けている。

「あ、そうだ。君たちも聞いてくれる？　実はさ、今日は彼女のドレス姿が見られるかなって結構期待していたんだ。ほら、せっかく婚約したのだからダンスのひとつもしたいじゃない？　それなのに彼女は、見ての通りいつもの格好で現れた。ちょっと酷いよね。男の純情を弄ばれた気分だよ。私がどれだけ楽しみにしていたか、君たちなら分かってくれると思うんだけど——」

——ん？

先ほどの話を蒸し返されていることに気づき、彼を見る。だが、私が何か言うより、女の子たちの反応の方が早かった。眉を吊り上げ、私のことを睨んでくる。

「まあ、それはアレク様がいけませんわ。婚約者の期待を無碍にするなんて、いつものあなた様なら絶対にしてはいけないと、私たちを窘めて下さるはず。それなのにご自分は無視されるなんて……」

「え、いや、あの……え？」

確かにアレクなら、そういう風に答えるだろう。だが、それをミーシャに当てはめてもらっては困るのだ。

だってそんなこと、誰も望みはしない——。

だが、彼女たちは私が全く予想もしなかったことを言い始めた。

「きっとアレク様はドレスもよくお似合いになると思うのです。だって男装姿がこれだけ様になるお方なのですよ？　女性の格好をなさったらどんなに輝かれることか。前々から一度拝見したいと思っていたのです。アレク様さえよろしければ、是非私たちにもドレス姿を見せては下さいませんか？」

「……え」

何かの聞き間違いかと思ったが、更に別の女性までもが同調する。

「ええ、是非見たいです。それとも……女性の格好はお嫌でしょうか。それなら無理強いはできないと思うのですけど」

窺うように尋ねられ、呆然としつつも首を横に振った。

「……いや、そんなことはないが。君たちは私が女性の格好をすることを嫌だとは思わないのか？」

「どうしてですか？　アレク様は女性でいらっしゃるのですから、ドレスを着ることも当然の権利だと思いますけど」

「……」

キョトンとした顔で言われ、目を見開いた。

自分がとんでもない思い違いをしていたことに、ようやくここに至って気づいたからだ。

私は今まで、彼女たちはあくまでも男性に扮している私が好きなのだと思っていた。信じて疑っていなかった。だから男装を止めた姿を見たくないだろうと。

だが、それは私の勘違いだったというのか。

私が『アレク』でも『ミーシャ』でも構わないと、もしかして彼女たちはずっとそう思ってくれていたのだろうか。

「……」

自分の馬鹿な思い込みを深く反省すると同時に、歓喜の感情が胸の内から溢れ出てきた。

アレクもミーシャも、どちらも認めてもらえていた。その事実がどうしようもなく嬉しかったのだ。

「……アレク様？」

不思議そうな顔をされ、咄嗟に取り繕った。

「い、いや、なんでもない。君たちは、私が思うよりずっと素敵な女性だったのだと今更ながらに気づいただけだよ。……でも、そんなに私のドレス姿が見たいのかな。面白いものではないと思うけど」

「是非拝見したいですわ」

裏のない笑顔で女の子たちが笑う。それを見て覚悟を決めた。

彼女たちが見たいと言うのなら、吝かではない。そう思ったのだ。

私は苦笑しつつも頷いた。

「……仕方ないな。君たちの頼みだというのなら断れない。次の夜会はドレスを着てくると約束するよ」

「は？」

「本当に!?　絶対だよ！　約束したからね!!」

何故か女の子たちではなく、ヴィンスが真っ先に反応した。

思わず渋い顔になってしまう。

「……何故、ヴィンスが返事をするんですか。私は彼女たちと話しているんですけど」

「だって、撤回するとか言われたら嫌だから！」

私はなんだと思われているのか。覚悟を決めたあとに撤回するような真似はしない。

ムスッとしつつも口を開く。

「言いませんよ」

「言質を取ったからね！」

「しつこいですね」

絶対だからと食い下がってくるヴィンスに若干うんざりする。そんな彼を見た女の子たちがキャッキャッと笑った。

「まあ、殿下ってば、アレク様がドレスを着るのがよっぽど嬉しいのですわね」

「でも分かります。私たちも楽しみですから」

「ええ、次の夜会が待ち遠しいですわ」

好意的な目で私たちを見つめてくる令嬢たち。そんな彼女たちに、酷く照れくさい気持ちになりながらも、私は再度夜会でドレスを着ることを約束し、ヴィンスのことは全力で無視した。

◇◇◇

時はあっという間に過ぎ、約束の夜会がやってきた。

今日の夜会は城で行われる。ドレス姿で行くと約束したあと、ヴィンスに指定されたのだ。

婚約者のお披露目も兼ねるから、城での夜会にドレスを着て欲しいのだと。

着ると決めたからにはどこだろうと赴くつもりではあるが、婚約のお披露目も一緒にというのは少しばかり緊張する。

「……はあ」

小さく息を吐き出す。

今日のドレスは、三日ほど前にヴィンスから贈られたものだ。

婚約者にドレスを贈るのは男の甲斐性だからと言われて受け取ったのだが、初めて着る夜会用のドレスにドキドキした。

何せ社交界デビューして二年。一度も夜会用のドレスを着たことがないのだ。屋敷内では女性の格好をしていたが、盛装などしたことがなかったので、着替えにはかなり苦戦した。

メイドたちが着付けてくれたからなんとかなったが、ひとりでと言われたらきっと無理だったと思う。

ヴィンスが贈ってくれたのは、クリーム色のドレスだった。その生地にはびっしりと金糸で刺繍が施してあり、少し動くだけでもキラキラと光ってとても綺麗だ。

彼が用意してくれたのはドレスだけではない。大きな宝石がついたネックレスやイヤリングなどのアクセサリーに、光沢のある素材が美しいヒールやレースの手袋といった小物まであり、あまりの完璧なラインナップに驚くしかなかった。

高価な品の数々。

だがそれらを見て、両親や使用人たちはとても喜んでいた。私がヴィンスに大事にされていると分かったからだろう。付き合っている相手がどんなものを贈ってくるかで、娘がどう扱われているのか判断するのはよくある話。少し気恥ずかしかったが、皆が喜んでくれるのは私としても嬉しかった。

贈られた全てを身につけ、髪も女性らしく結い上げる。メイドたちが流行を意識したメイクを施してくれた。準備を整え、玄関ホールでヴィンスの迎えを待つ。

こんなに緊張したことはないと思うくらいに緊張した。

「……」

似合っているとは思う。彼が用意してくれたものはどれも素晴らしかったし、メイドたちだって絶賛してくれた。だけども、女性の格好をして夜会に行くのは初めてなのだ。この格好を見た皆がなんと言うのか、どうしても気になってしまう。

「いえ、気にしても仕方ないわ。自分で決めたことだもの」

男装姿ではなく、ドレスを着て夜会に行くと告げたのは、間違いなく私だ。今更居竦んでも仕方ない。なるようになると再度覚悟を決めていると、家令がにこやかに告げた。

「殿下がいらっしゃいました」

その言葉とほぼ同時に玄関の扉が開く。黒の燕尾服に身を包んだヴィンスが堂々とした足取りで入ってくる。彼は私に気がつくと、その場に立ち止まり、驚いたように目を見張った。

「ヴィンス……そ、その……」

「びっくりしたよ！　すごくよく似合ってる。花の精霊が目の前に現れたのかと、一瞬目を疑ったよ！」

「あ、ありがとうございます……」

ヴィンスは私の側に来ると、眩しげに目を細めた。

「本当に綺麗だ。君に似合うと思って選んだんだけど、我ながら大正解だったな。うーん、でもこの綺麗な君を他の男たちも見るのか……。ねえ、今日の夜会は止めにしない？　ふたりで誰も来ない城の庭でも散歩しようよ」

「何言ってるんですか」

真顔で妙なことを提案してくるヴィンスに、呆れ声で返した。

今日の夜会は婚約のお披露目も兼ねていると最初に言ったのは、ヴィンスではないか。その夜会にふたり揃って現れなかったら？　色々邪推されるのは目に見えている。

「駄目ですよ」

「分かってるよ。でもそう言いたくなるくらい君は素敵だってこと！　まあ、もう私のものだから皆は悔しがって指を咥えることしかできないだろうけど……うん、そう考えると、見せびらかすのも悪くないかな」

「……ヴィンス」

「皆、悔しがればいいんだ。髪一筋すら分けてやる気はないけどね。ああ、今から皆の驚く顔が楽しみだ。よし、俄然やる気が出てきたぞ」

「……それは良かったです」

何もよくはなかったがそう言った。私もいい加減面倒だったのだ。

私が同意したことで気分をよくしたのか、ヴィンスが手を差し出してくる。

「さ、行こうか。私のお姫様」

「……はい」

やっぱりヴィンスの方がアレクよりもよほど恥ずかしい台詞を平気で言う。

——お姫様ってなに、それ。

羞恥で顔が赤くなりそうになるのを堪え、彼の手に己の手を乗せる。

夜会がどんなことになるのかは分からないが、ヴィンスと一緒なら大丈夫だろう。

自然とそう思った自分に気づき、彼に見えないよう小さく笑った。

◇◇◇

今日の夜会は、婚約のお披露目も兼ねているため、招待客が多い。そのため、城の一階にある大広間を開放しての大規模なものとなった。両親もあとから来ると聞いている。娘の婚約披露と考えれば当たり前のことだ。

ヴィンスとふたりで会場に足を踏み入れる。途端、たくさんの視線が私たちを貫いた。

普段男装している私がドレス姿で現れたのがよほど珍しかったのだろう。無遠慮な視線は仕方ないのかもしれないが少々不快だった。

俯きそうになるのを堪え、顔を真っ直ぐに上げる。

覚悟を決めたのだから、堂々としていたかった。

「あれが、フィリング公爵令嬢？　まるで別人ではないか」

「彼女がいつも男装して『アレク』と名乗っている人物だって？　嘘だろう？」

ひそひそ聞こえる声はほぼ驚きばかりで、幸いなことに誹謗中傷の類いは殆ど聞こえなかった。世継ぎの王子の婚約者ということで遠慮しているのかもしれない。貴族社会にはよくある話だ。

ヴィンスが私に耳打ちする。

「ほら、やっぱり。皆、君に見惚れてる」

「さて、それはどうでしょう。あなたや陛下のご威光のおかげかもしれませんので、本気にはできませんね」

「冷静だなあ。まあ、そんなところも好きなんだけど。あ、まずは一曲お願いしてもいい？　そのあと、父上に挨拶に行こうよ」

「はい、構いませんよ」

ダンスを踊ることは聞いていたので想定内だ。

ふたりでダンスフロアの中央へ進むと、人が波のようにさあっと引いていった。あっという間にふたりきりになる。

演奏していた宮廷楽団が、心得たように新たな曲を奏で出した。それに合わせて踊る。

ダンスはいつも男性パートだったので、女性パートで踊るのはとても新鮮だった。

ヴィンスが少し心配そうに言う。

「……大丈夫?」

「? 何がです?」

本気で分からなかったので聞き返した。ステップを踏みながらヴィンスが言う。

「ほら、君が今日こうして女性の格好をしてくれたのは、元はといえば私の我が儘だからさ。こうしてダンスだって付き合ってもらってる。私としては嬉しいけど、君に大分無理をさせたなって思って。その点については反省してるよ」

「ああ、それなら平気ですよ」

納得し、笑みを浮かべた。

「私、こう見えて、結構図太いんです。一度決めたことをグチグチ言ったりはしませんし、ちゃんと楽しいって思ってますから。今は自分が女性パートを踊る日が来るとは想像もしていなかったなと驚いていました」

「確かに。そこは私もびっくりだよ。女性パートも完璧じゃないか。……正直、君が得意なのは男性パートで女性パートは苦手なのかもしれない。もしそうだとしたら、上手くリードしないとって気合いを入れていたんだよ。完全に余計なお世話だったよね」

「ふふ、習得したのは女性パートが先ですよ。男性パートはあとで覚えたんです」

秘密を打ち明けるように言う。こういうことをなんの気負いもなしに言える相手だから、私はヴィンスを好きになったのだろう。

「そういうわけですので、女性パートの方が基本的には得意なんです。披露する機会は今までありませんでしたけど」

「今、ばっちり役に立っているじゃないか」

「人生、何が役に立つか分からないものですよねえ」

しみじみ言いながら、周囲に目を向けると、両親の姿を発見した。いや、彼らだけではない。今は領地で暮らしている兄夫婦の姿も見えたのだ。

皆、ニコニコとこちらを見ている。私の視線に気づいた兄が小さく手を振った。

「……お兄様」

「ああ、そういえば君の兄も来ているんだってね」

「私、今の今まで知りませんでした」

今日の夜会は王家主催のもの。ヴィンスが兄の出席を知っていたとしても不思議ではないが、つい驚きの言葉を口にすると、彼は柔らかく微笑んだ。

「今夜は私たちの婚約披露を兼ねた夜会だからね。家族が出席するのは当然だろう？」

「それはそうですけど……」

冷静に考えればその通りなのだけれど、私としてはびっくりしたのだ。まさか兄夫婦までもが来るなんて思いもしなかった。

「それだけ、君の婚約を喜んでくれているんじゃないかな」

「……お兄様にも色々と心配をお掛けしましたから。そうかもしれません」

ヴィンスの言葉に同意する。

私の男装については親だけでなく兄も心配していたのだ。このままでは結婚できないぞと渋い顔をされたことだって何度もある。それを私はスルーして好き勝手生きてきたのだが……こうして家族皆が揃っているところを見ると、申し訳なかったかなという気持ちが湧き上がる。

今まで一度もそんなこと思わなかったのに、やはり結婚が決まったからだろうか。現金な自分に少し呆れた。

家族の側には国王と王妃もいて、そのことが妙にヴィンスとの結婚を実感させられた。

「これが終わったら、向こうに行こう」

「はい」

頷き、ダンスを終える。二曲も踊る気はなかったので、ダンスフロアから下がろうとしたのだが、何を思ったのか突然ヴィンスがその場に跪いた。

「え……？　ヴィンス？」

彼の突然の行動の意味が分からず、その場に立ち尽くす。ダンスをする私たちを見ていたギャラリーもざわざわとし始めた。そんな中、彼は私を見つめ、口を開いた。

「――ミーシャ。私の女神。私の最愛。ここで君に改めて結婚を申し込むよ。どうか私の妃になって欲しい。私は君を一生愛するとここに誓う」

「……は」

目を見開いた。

ヴィンスが口にしたのは求婚の言葉だ。ざわついていた大広間は今や静まり返り、皆が私たちの動向を窺っている。国王夫妻や私の家族がいる方に目を向けると、彼らは興味深そうにこちらを見つめていた。どうやら止めさせる気はないようだ。

改めて目の前に跪くヴィンスを見つめる。頭の中はすっかり大混乱だった。

――え、え、どうして私、こんなところでプロポーズされているの？

国王と父が同意した以上、すでに私とヴィンスは婚約者という関係だ。それなのに、今更プロポーズしてくる彼の真意が読めない。

だけども大勢の人々が見ている前で正式な作法で求婚してもらえたことは嬉しいと思っ

てしまった。ああ認めよう。私は嬉しかったのだ。

きちんと皆の前で女性として、婚約する相手として扱ってもらったこと。それが言葉にできないほどの喜びとなり、私を襲っていた。

だから私は細かいことは全部置いておいて、彼に向かった。

こちらを見つめてくる彼を見返し、笑みを浮かべる。

「はい。よろしくお願いします」

返事をすると、ヴィンスは立ち上がり、ギュッと私を抱きしめてきた。会場中がわっと沸く。皆が拍手をしている。宮廷楽団はここぞとばかりにロマンチックな曲を奏で始め、場の雰囲気をより一層盛り上げていた。

国王や家族に視線を向ける。彼らも満足そうに頷いていた。

「ありがとう、ミーシャ。私の求婚を受けてくれて」

「お、お礼を言われるようなことではありませんけど……でも、どうしていきなりこんな真似をなさったんです？」

照れくさい気持ちを押し隠しながら尋ねる。ヴィンスがギュウギュウに私を抱きしめながら言った。

「だって私は君に対して、正式な求婚はまだしていなかっただろう？　早く外堀を埋めてしまいたかったから先に君のお父上に話を通したことは後悔していないけど、君には悪いことをしたなって思っていて。機会を作って、きちんと求婚しようって考えていたんだ」

「……ヴィンス」

私を思っての行動だったと知り、心がキュンと高鳴った。

ヴィンスが抱きしめていた腕を解き、代わりに顔を覗き込んでくる。

「本当はね、前回の夜会でプロポーズしようと思っていたんだよ。だけど君はいつもの男装姿で現れるから。だから止めたんだ」

「え」

思いもしなかった話を告げられ、まじまじとヴィンスを見つめる。彼は気まずそうにそっぽを向いた。

「だってさ、一生に一度の求婚だよ？　せっかくなら綺麗に着飾った君の前に跪きたいじゃない。思い出に残るプロポーズにしたかったんだ」

「……」

「だから前回、君がドレスを着ていなかったことに対して必要以上に拗ねてしまったんだけど……完全に私の都合だからね。ごめん。約束していたわけでもないのに怒って悪かったよ」

「いえ……」

啞然としながらもなんとか首を横に振る。

前回の夜会、ヴィンスがやけに私のドレス姿に拘っているとは思っていたが、まさかプロポーズしたかったからだなんて誰が気づくというのか。

だが、男装姿の相手に一生に一度の求婚はしたくないと言われれば納得しかない。そしてそれと同時にとても申し訳ない気持ちになった。

ヴィンスは私のことを思って求婚しようとしてくれていたのに、私は自分の都合しか考えていなかったからだ。今日だってそうだ。ドレスこそ着ているが、これは女の子たちが見たいと言ったから着用しているだけのこと。

決してヴィンスのために決意したわけではない。

——どうしよう。とても申し訳ないことをしてしまったわ。

話を知っていればと言いたい気持ちもあるが、きっと私を驚かせよう、喜ばせようと色々考えてくれていたのだろう。その彼の気持ちを慮れば、やはり私が悪いとしか思えなかった。

「ヴィンス、その……」

「謝らなくて良いよ。これは私が勝手にやったことなんだから。それに結果として、君は私の選んだドレスを纏って今日、この場に来てくれた。これ以上の喜びはないよ。求婚も受けてもらえたしね」

「そんなの、当然です」

可愛げのあることは何もできていないが、それでも私はヴィンスが好きなのだ。好きな人にプロポーズされて頷かないなど、そんなことするはずがない。

なんだかとても恥ずかしくなり、俯いた。そんな私の手をヴィンスが取る。

「ヴィンス?」

「こうしてプロポーズも無事終わったんだ。次は父上たちに挨拶に行こう?」

「そう、ですね」

ヴィンスが国王たちがいる方向に目を向ける。私もそちらを見ると、彼らはこちらへおいでと手招きをしていた。

「私も君の兄上にご挨拶したいところだし。あ、でも殴られたりするのかな。私の妹をよくも……みたいにさ」

「うちの兄はそういうタイプではありませんけど。というか、それって普通は父親がすることじゃないんですか?」

「……そうだったっけ?」

「そうですよ」

しかもそれは、男の身分が女性側よりも大幅に低かった場合くらいにしか起こらない。この国の王子であるヴィンスが殴られるとか、どう考えてもあり得ないのだ。

むしろ「どうぞ持って行って下さい。娘を選んで下さってありがとうございます」案件である。

特に私は男装の件があり、結婚することすら諦められていた節があるから、何がなんでもヴィンスに押しつけようと考えているだろう。この機を逃せば、結婚など夢のまた夢。そう思われていることは分かっているし、事実だと思うので否定する気もない。

「……」

少し思案し、私はヴィンスに真顔で言った。

「……どちらかというと兄は『妹をよろしく。絶対に返品しないで下さい』くらいは言うと思いますので、そちらを覚悟していて下さい」

「ええ!? いや、返品なんて絶対にしないけど、どういうお兄さんなわけ?」

「少々口うるさいですが、普通……だと思います」

「本当かなあ」

懐疑的な顔をしつつも、国王たちのところへ向かう。

まあ、兄が祝福してくれるだろうことは間違いないので、心配してはいなかった。

◇◇◇

「実に楽しいお兄さんだったね」

「そうですか？　いえ、確かに少しはっちゃけていたような気はしますけど」

国王たちに挨拶を済ませた私たちは、皆から離れ、ホッとひと息吐いていた。

皆が揃っているところに行くのは少し緊張したが、国王も王妃も私を歓迎してくれたし、兄も上機嫌で終始「良かった、良かった」と言っていた。それどころか、開口一番、私とヴィンスに向かって言い放ったのだ。

「お前の婚約が決まったと父上から連絡を受けた時は、どこの物好きがと思ったものだが、まさか殿下を釣り上げてくるとは想像もしていなかった。殿下、妹を何卒よろしくお願いします。あ、返品交換は受けつけておりませんので、あしからず」

言われたヴィンスはといえば、一瞬キョトンとしたあと、楽しげに笑った。

「すごい。本当に返品するなって言われた」

「だから兄ならそう言うって言ったでしょう」

そういう人なのだと言外に告げれば、ヴィンスは頷き兄に告げた。

「大丈夫。返せと言われても返さないから。私は彼女にベタ惚れなんだ。返すはずがないだろう？」

「だそうだ。良かったな、ミーシャ。私も安心したよ」

「っ～～」

兄どころかその場にいた全員に生暖かい目で見られ、羞恥で逃げ出したくなった。

こっそりヴィンスの服の袖を摑み、小声で言う。

「……そういうことは、皆がいる前で言わないで下さい。恥ずかしいです」

「え、本心なんだけど」

「だからこそ性質が悪いって知ってますか？」

「知らない」

そんなやり取りをしつつ挨拶を終えたのだが、国王から息子をよろしく頼むと優しい笑顔で言われた時は、ああ、本心から喜んでくれているのだなと理解でき、嬉しい気持ちになった。

先ほどのやり取りを思い出し笑っていると、ヴィンスが私の腰を抱きながら言った。

「……ごめん、ミーシャ。悪いけど、ちょっと休憩していてくれるかな。五分ほどで戻るから」

「え？　あ、はい、分かりました」

「ええと……あ、ここなら人が少ないから大丈夫か」

人が集まっている場所から少し離れた壁際。そこまで私を連れてきたヴィンスは、申し訳なさそうな顔をした。何か用事でもあるのだろう。五分程度なら休息も取れるし、こちらとしてもちょうどいい。

「本当にごめんね。すぐに戻ってくるから」

「大丈夫ですよ」

何度も謝り、ヴィンスが私から離れる。どこへ向かっているのかと彼の行き先を視線で追うと、どうやら国王のところに戻るらしかった。国王がちょいちょいと彼を手招きしているのが見える。笑顔の国王に、少し不機嫌そうなヴィンス。その顔には「用事なら、先ほどいっぺんに済ませて欲しかった」とでかでかと書かれており、思わず笑ってしまった。

「アレク様」

「え……」

目でヴィンスを追っていると、声を掛けられた。振り返るとそこには、前回私にドレスを着て欲しいと言ってくれた令嬢たちが立っている。

彼女たちは興奮しているのか、顔を真っ赤にして私を見ていた。

「あなたたち……」

「アレク様、私たちのお願いを聞いて下さったんですね。すごく、すごくお綺麗です。先ほど、殿下と踊っていらっしゃったのも拝見しました。いつものアレク様も素敵ですけど、今のドレス姿もよくお似合いですわ！」

「あ、ありがとう……」

目を輝かせながら訴えてくる令嬢たちに気圧されつつも礼を言う。彼女たちが私の今の格好を喜んでいるようだと分かり、嬉しかった。彼女たちはキャッキャと楽しげに私を見つめている。

「そのお姿、初めて見せていただきましたけど、アレク様のドレス姿ってこんなにお綺麗だったんですね。アレク様、よろしければ時々で構いませんので、またドレス姿で夜会にお越し下さい。私たち、色々なあなたを見たいって思いますわ」

「……」

目を丸くして彼女たちを見る。笑顔の令嬢たちは「あ」と声を上げた。

「そうだわ。今のあなた様をアレク様と呼ぶのはおかしいですわね。……ええと、ミーシャ様とお呼びしてもよろしいですか？」

「え、ええ、それは構わないけど」

頷きつつも、心が温かくなるのを感じていた。彼女たちがミーシャとしての私を受け入れてくれたのが嬉しくて堪らない。

「皆、ありがとう――」

「ほう。あの男装令嬢がずいぶんと化けたものだ」

「……」

心からの感謝を伝えようとしたところで無粋すぎる邪魔が入った。男性の声。ヴィンスではない。彼はこんな不快な声音ではないからだ。

「……何か？」

思っていたよりも低く不機嫌そうな声になった。そのことに内心自分でも驚きつつ、声を掛けてきた人物を見る。

「?」

見覚えのない、あまり特徴のない男性。仕立ての良い燕尾服を着ており、それなりの身分であることは分かるが、それだけだ。どこかで会ったことがあるだろうかと思っていると、男は言った。

「私を知らないのか? お前の婚約者として一時は候補にも上がったのだぞ。己の婚約者候補すら知ろうとしないとはやはり愚かな娘だ。まあ、男装令嬢などこちらからお断りだが」

「……ああ」

——なるほど。

男が言った言葉を聞き、彼が何者なのか悟った。

彼は、彼自身が言う通り、私の婚約者候補だったのだろう。婚約をお断りしてくれた候補者たちのひとり。

いちいち名前なんて覚えていられないのでどこの誰かまでは知らないが、多分その言葉に嘘はないのだと思う。一時期父は、それこそ貴族でさえあれば誰でもという感じで声を掛けまくっていたらしいし。

でも――。

――これなら断ってくれて良かったわ。

男がベラベラと話すのを見ながら心底思った。

基本、父親が了承した婚約を子供が拒否することはできない。私の父がもしこの男との婚約を本気で決めていたら、今頃彼が婚約者だった可能性もあるのだ。

そうなる前に彼の方から婚約を断ってくれて良かったと心から思った。

だって気持ち悪い。この男が私を見る目が、吐き気がするほどに気持ち悪いのだ。

「……あなたたち、ここは良いからもう行って」

「え、でも……」

私と同じように不快感に眉を寄せる令嬢たちに小声で言った。

「私なら平気だから。あなたたちまで巻き込みたくないの」

「……ミーシャ様」

「だから、ほら」

彼が彼女たちに興味を抱く前にと、令嬢たちをそっと逃がす。男はずっと、如何に私との婚約話が迷惑だったかということを大層に語っていた。

「――というわけだ。だがあのいつも不快な男装をしていた女が、こんなにも美しい姫になるとは想定外だった。こんなことなら婚約打診が来た時に受ければよかったか」

どうやら長ったらしい話は終わったらしい。『アレク』の時であれば、手厳しい言葉のひとつやふたつ、嘲笑いながら投げつけてやるのだが、如何せん今の私はドレスに身を包んだ『ミーシャ』だ。どういう風にお帰り願えば良いのか、少し悩んでしまった。

──どうしようかしら。

めでたい席でもめ事は起こしたくない。特に私は今夜の主役なわけだし。どうにか波風を立たせず、男に立ち去ってもらいたい。そんな風に考えていると、男が突然、私の肩を掴んできた。

「おい、私の話を聞いているのか」

「ちょっと……」

さすがに触れられたくない。一瞬で鳥肌が立ったのが分かった。あまりにも不快で眉が中央に寄る。

止めて、と男の手を振り払おうとした。だがそれよりも先に別の手が男の腕を掴む。

「一体誰の許可を得て、私の婚約者に触れているのかな」

「ヴィンス！」

冷たい声で男を睨んでいるのは、国王のところへ行っていたヴィンスだった。彼は男の手を乱暴に払いのけ、代わりに私の肩を強く引き寄せる。

「あっ……」

先ほどまでの不快感とは正反対のホッとする感触に、思わず息を吐き出す。同じ行動でも相手によって感じ方が変わるものだと実感した。

「ごめん、遅くなって。やっぱり君から目を離すんじゃなかった……」

深い後悔が伝わってくる声音に、慌てて首を横に振る。

「わ、私は平気ですから」

確かに不快ではあったが、困っていただけで、怖いとかそういう気持ちはなかった。何せ、壁際で人目につきにくいとは言っても、会場内。いざとなれば声を上げればなんとかなると楽観視していたところはある。

だから大丈夫なのだという気持ちを込めてヴィンスを見たが、彼は納得してはくれなかった。

「残念ながら、私が平気じゃないんだ」

「っ……」

キッパリと言われ、口を噤んだ。ヴィンスが怒っているのを感じたからだ。

彼は真っ直ぐに男を見つめた。相対された男は、まさかこんなにも早くヴィンスが戻ってくるとは思わなかったのか、動揺している。

「で？　君は私の婚約者になんの用なのかな？　話が聞こえたけど、どうやら過去の婚約者候補だったみたいだね。……ん、ああ！　なるほど、今更ミーシャのことが惜しくなったんだ？　彼女が実はとても綺麗な人だったたってようやく気づいて悔しくなった？　そう、それは残念だったね」

「っ……で、殿下……わ、私は……」

「今、君に発言を許していないよ」

ぴしゃりと男の言葉を封じ、ヴィンスが薄らと笑う。

「君が男装令嬢だと馬鹿にしていた彼女は、こんなにも美しい女性だったんだよ。君にはもう手の届かない人になってしまったけど。それとさ、さっきからとても不思議だったんだけど、君、確か伯爵家の次男だったよね？　そのわりに公爵家の娘であるミーシャに対してずいぶん威圧的な態度だったけど……まさかとは思うけど、男だから女に対して威圧的に振る舞ってもいい……なんて馬鹿で差別的な考えは持ってはいないよね？　もしそうだとしたら、あまりにも前時代的だと思うよ。教養も常識もなさすぎて笑ってしまうレベルだ」

「……」

クスクスと笑うヴィンス。それに対し、男は震え、青ざめている。

「伯爵家の君は、公爵家の令嬢である彼女に対し、礼節を弁えた振る舞いをすることが義務づけられているはず。もちろんそれくらいは知っているよね？　あ、それともそんな常識すら知らない？　それは悪いことをしたね」

「……い、いえ、知ってます……」

「へえ、知ってるんだ。じゃあ、さっきの君の態度は何？」

「……」

男は答えない。ただ身体を戦慄かせ、俯くだけだ。そんな男にヴィンスは重ねて問いかけた。

「どうして何も言わないのかな。私は、私の婚約者に対する態度はどうだったのかって聞いているんだけど？」

「も、申し訳、ありません……」

「うん？　誰に謝っているのかな。君が謝るべきは私ではないと思うんだけど。ああ、そんなことすら分からないのか」

「申し訳ありませんでした！」

もう勘弁してくれとばかりに男は私に向かって頭を下げると、脱兎の如く逃げ出した。その顔色は青を通り越して、白くなっている。変な汗を掻いているのか、髪が額に張りついていた。

そのあまりにも情けない姿に、身体から力が抜ける。

「……ヴィンスが脅すから逃げてしまったじゃないですか」

「え、私はただ思ったことを言っただけだけど。というか、王子である私に辞去の挨拶もなしに逃げるとか、彼、良い度胸をしているよね」

「……それに気づけないくらい怖かったんですよ。その、私は気にしていませんので、ヴィンスもこれ以上深追いはしないで下さいね」

「……え、むしろこれからが本番じゃない？」

「……」

「やるなら徹底的に。でないとああいう手合いは反省しないよ？」

本気の声で言われ、さすがにさっきの男が気の毒になった。

彼としては、少し揶揄ってやれくらいの気持ちで私に声を掛けたのだろう。それがヴィンスに聞かれていて、今後もチクチク責められるとか……ちょっと可哀想だと思う。

「私は本当に気にしてませんから。確かに困ったなとは思っていましたけど、それだけですので」

「……本当に？」

じっと見つめられ、苦笑した。ヴィンスは私が男の言葉に傷つけられていないか気にしてくれているのだ。そういう彼の優しさに、私はいつも救われているし、だからきっと平気なのだ。

「本当ですよ。それより、陛下の話はもう良いんですか？」

「うん。……ミーシャ、こっちに来てよ」

「え」

キュッと手を握られた。そうして会場の外に連れ出される。

「え、え、え」

廊下に出たところで、外に出るのとは反対方向にヴィンスが歩き出した。どう見ても王宮の奥へ向かっている。

「ヴィ、ヴィンス？」

「気にしてないって言ってもさ、もう夜会どころの気分じゃなくなったでしょう。だからさ、良かったら私の部屋で少し話さないかなと思って。父上にはさっき、早めに退出してもいいって許可をもらったから……っていうか、それが父上の話だったんだけど」

「そう……なんですか」

「うん。きっと君は疲れているだろうから、早めに抜けてやれって」

国王の気遣いに感謝した。確かに慣れないドレス姿での夜会はいつも以上に疲労したと思ったのだ。

帰っても良いという話ではあったが、なんとなく抵抗できないまま、彼に続く。ヴィンスは王宮の奥へ奥へと歩いて行った。

普通なら絶対に入れない場所。そこを彼は当たり前のように進んでいく。

私の手を握り歩いて行くヴィンス。彼は前を向いたまま、私に言った。

「……さっきの話だけどさ」

「え、あ、はい」

さっき、と言われ、逃げて行った男のことを思い出した。思い出したが……どんな顔だったのか、すでに印象が薄れている。自分がどれほど彼に興味がなかったのか分かる忘れっぷりに思わず笑ってしまった。ヴィンスが不機嫌そうに言う。

「君があの男に言い寄られているのを見て、一瞬で頭に血が上ったんだ。本当に腹が立って仕方なかった。でも、それと同時に君にすごく申し訳なく思って。だって君があの男に絡まれたのは私がドレス姿を見たいなんて我が儘を言ったせいでしょう？　本当に申し訳なかったよ……ごめん」

「え……そんな……」

「今夜は君に求婚したかったからどうしてもって思ったけど、もう無理にドレスを着ろなんて言わない。君が変に絡まれるくらいならいつもの男装姿のままの方がずっといい」

口を真一文字に引き結び、ヴィンスが言う。その言葉はきっと本心なのだろう。だけど、だけどだ。

「誤解されるのも嫌なので言いますけど、別に私、無理やりドレスを着たわけではありませんから。本気で嫌ならもっと全力で抵抗します。今、ドレスを着てここにいるのは紛うことなき私の意思です。だからヴィンスに謝っていただく必要はないんです」

「でも……」

「先ほど、いつも私と一緒にいてくれる令嬢たちが来て、ドレス姿を褒めてくれました。私、嬉しかったんです。嬉しかったし楽しかった。今後もたまにならドレス姿で夜会に出るのもいいかもと思うくらいには気分良く過ごせたんですよ。そりゃあ、さっきのあれには困りましたけど、ああいう手合いは男装時にもいくらでもいましたし、そこまで気にしていません。もう顔も忘れたくらいです」

「忘れたの？」

バッとヴィンスが振り返る。私は肩を竦め、肯定した。

「ええ、だって覚えている必要、ないでしょう？」

笑って告げると、ヴィンスが複雑そうな声音で言った。

「……時々思うんだけど、ミーシャって、結構強いよね。精神的にさ」

「そうですか？　まあ、好き好んで男装し続けているくらいですからね。それなりにメンタルが強くないとやっていられないとは思います」

「確かに」

とても納得したという風にヴィンスが頷く。そうしてハッと何かに気づいたような顔をした。

「ということは、今後も君のドレス姿を見られるってこと？」

「はい。そう頻繁にはさすがに遠慮願いたいですけど」

アレクとしての自分を捨てたわけではない。むしろ夜会での基本はアレクだと思っている。だけどたまにならミーシャで出ても良いかなと思ったのだ。

私の言葉にヴィンスは目を輝かせ、何度も頷いた。

「いいよ、そんなの全然。うわあ、君のドレス姿がまた見られるのか。楽しみだな」

ヴィンスの声が弾んでいる。そんなにも私のドレス姿を気に入ってくれているのかと思うと、擽ったい気持ちになった。話をしながらも歩き続け、やがて重厚な扉の前に立つ。

そこにはふたりの兵士がいて、私たちに向かって頭を下げていた。彼らのうちのひとりが恐る恐るヴィンスに声を掛ける。

「殿下。そちらのご令嬢は？」

「ん？　君たちも聞いているだろう？　私の婚約者だよ。先ほど夜会でお披露目してきたばかりなんだ。父上にも許可をもらったから、退出してきた。疲れたし、ちょっと部屋で休憩でもしようかと思って連れてきたんだ」

「なるほど、ご婚約者様でございましたか。それは失礼致しました」

兵士は納得したように頷き、笑顔になった。

ヴィンスが私を見る。そうして握った手の力を強めつつも、気まずそうに言った。

「ええとさ、そういうわけでここが私の部屋。……あーっと。お茶でも、と思っているけど、もし気が進まないというのなら無理強いはしないよ。帰りたいなら帰ってくれても……その、文句は言わない」

何故か声が小さくなっていく。最後の方は、耳を澄まさないと聞こえないレベルだった。

断られたらどうしようという彼の気持ちが痛いほど伝わってきて、それに気づいた私は苦笑した。

「ここまで連れてきておいて、今更ですか。良いですよ。私も疲れましたし、お茶くらいならお付き合いさせていただきます」

いつもは強気なくせにこんな時ばかり弱気になるのだからびっくりだ。だけどこういうちょっと弱気なところを見せられると、グッときてしまう。それに私としてもヴィンスの部屋には興味があったし、正式に求婚され、国王にも認められたという事実に浮かれていて、少しお邪魔するくらいなら構わないかなという気分になっていた。

そう、つまりはうっかりその気になってしまったのだ。

「いいの？」

「はい」

返事をすると、ヴィンスはぱあっと表情を明るくして、嬉しげに扉を開いた。先に中へ入り、私を招く。

「どうぞ」

「お邪魔します……」

恋人の部屋に入るなんて初めてだと思いながら、中に足を踏み入れる。

ヴィンスの部屋は、落ち着きのある色合いで統一されていた。家具はおそらくは殆どがアンティークの一点物。どっしりと存在感のあるソファなんかは座面は張り替えているのだろうが、肘掛けの部分はかなりの年月を感じさせた。長年、王族たちが愛用してきたものなのだろう。テーブルも年代物だったが、手入れがしっかり行き届いていた。

壁際には天井に届きそうなほど背の高い本棚が据えつけられている。中にはびっしりと本が詰まっていた。興味深く本棚を見つめていると、ヴィンスが苦笑しながら言った。

「本、多いでしょう。気になることはすぐに調べないと我慢できない性質でね。気がついたらこんなにも増えてしまったんだ」

「はい……すごいですね。少し見ても構いませんか？」

「もちろん。手に取ってくれても構わないよ。その間にお茶を用意させるから」

許可が出たので、本棚に差し込まれている本の背表紙を確認する。

ジャンルに偏りはない。むしろ多岐に亘りすぎていて、彼が一番興味があるものがどれなのかさっぱり分からなかった。

政治経済はもちろんのこと、植物図鑑や食の歴史、宝飾カタログに外国の文化について書かれたものもある。真面目な本しかないと思いきや、娯楽小説なんかも見つけたから、本当に彼の興味は一所に留まらないのだなと得心した。

「お茶が入ったよ。どうぞ」

「あ、はい。ありがとうございます」

本のタイトルを確認しているうちに、お茶の用意ができたようだ。ちょうど女官たちが部屋を出ていくタイミングだったようで、彼女たちはこちらに向かって頭を下げていた。扉が閉まる。パタンという音が妙に生々しく聞こえた気がした。

——あ。

唐突に、婚約者の部屋にふたりきりだということに気がついてしまった。

今まで密室でヴィンスとふたりきりになったのは、私の屋敷の応接室での一回だけ。異性の私室で……なんて経験があるわけもなく、なんだか急激に恥ずかしくなってきた。

——ど、どうして扉を閉めるの……！

びっくりするではないか。

だが、彼女たちが扉を閉めた理由は説明されなくても分かっていた。簡単なことだ。相手が婚約者だから構わないと判断したのだろう。それは納得できるのだけれど、その辺りがポンと抜け落ちていた私には、緊張しかなかった。

——わ、わ、わ……。

カーッと勝手に頬が赤くなっていく。ヴィンスが私に近くにあるソファを勧めた。

「そこ、座って」

「は、はい」

お茶だ。お茶を飲んだらすぐさまお暇しよう。

そう思いながら、テーブルを見る。そこには紅茶と焼き菓子が並べられていた。

「あ……お菓子」

「甘いものを少しお腹に入れると良いかなと思ってね。用意させた。良かったらどうぞ。あ、ついでに女官に、君の父上に連絡を入れるよう命じたから。私と一緒にいると言えば、彼も心配はしないだろうからね」

「ありがとうございます」

確かにいきなり会場内から娘の姿が消え、しかも屋敷に帰っていないと知れば父は驚く……というか普通に心配するだろう。

連絡を入れてくれたと聞き、安堵した。ヴィンスの部屋に来たという状況にいっぱいいっぱいになっていて、連絡を入れるという当然の行動が完全に飛んでいってしまっていたのだ。

本気でヴィンスには感謝しかない。

「あの、本当に助かりました」

「ううん。君をここに連れてきたのは私なんだから、私から連絡を入れるのは当然のことだよ」

「それでも、ありがとうございます」

もう一度お礼を言い、焼き菓子と紅茶をいただく。サクサクした食感を楽しみながら紅茶を飲んでいると、焦りと緊張しかなかったのが、少し落ち着いてきた。

父の話が入ったのも良かったのかもしれない。なんというか浮かれきっていた気持ちが若干落ち着いたというか……親の威力とは恐ろしいものだ。

ふう、とひとつ深呼吸をする。そんな私を見て、ヴィンスが苦笑した。

「何、もしかして緊張してる？　大丈夫だよ。君が嫌がるような真似はしないから安心して欲しいな」

「へ……へ？」

声が見事にひっくり返った。せっかく隠していたのに緊張していたことがバレてしまった。

「え、えっと、その……」

なんと言えばいいのか。言葉を探していると、ヴィンスはこてんと首を傾げた。

「ん？　違う？　私に襲われるかもって心配していたんじゃないの？」

「お、襲われるって……。私はただ、ふたりきりだなって緊張していただけで、そんなことは……」

「考えてないって？　え、じゃあ襲っても良かったりする？」

「ち、違います！」

何故そうなるのだ。慌てて否定すると、ヴィンスは楽しげに笑った。

「冗談だよ。大体、君の脳内アレクが許さないだろう？　せっかく婚約してお披露目までしたのに、また別れるなんて脅されたら堪らないからね。大丈夫、手は出さない。信用してくれて構わないよ」

「……え」

「もう少ししたら、君を公爵邸に帰すから安心して休息を取ってくれればいい。無理かもしれないけど、自分の部屋にいるような気持ちになってくれると嬉しいかな」

「は……はあ……」

柔らかく告げられ、目を瞬かせる。なんだろう。ドキドキしていた気持ちが、一瞬にして深くまで落ちていったような気がした。ものすごくガッカリした……そんな感じ。

——え、落ち込んでるの？　私。

思わず己の胸に手を当てる。

戸惑いが隠せない。

自分のことなのに自分の気持ちがさっぱり分からなかった。

ヴィンスは手を出さないと言ってくれた。屋敷に帰すと約束してくれた。それは彼の優しさで、私はその言葉に感謝し、安堵するのが正解のはずなのに、何故、私はこんなにも意気消沈しているのか。

——え、え、え？　どうして？　どうして私はこんなにもガッカリして……あ。

混乱しつつもなんとか己が抱いた感情の正体を探ろうとし、そして愕然とした。

——嘘でしょう？　私、期待していたの？

つまりはそういうことなのだ。

私は、ヴィンスと密室でふたりきりというこの状況に緊張しつつも、決してそれを嫌だとは思っていなかった。

女官たちに扉を閉められ慌てたけれど、それは嫌悪や忌避の感情ではなく、ただ恥ずかしかっただけで——。

——あああああああああ!!

己が抱いていた欲望に否応なく気づかされてしまい、大声で叫びたくなった。

顔が熱い。その場でのたうち回りたい気分だ。

前回、ヴィンスが私の部屋に来たいと言った時は、部屋に来るなんてとんでもないと思ったし、そう答えた。間違いなくあれは私の本心だった。

あれからそんなに時間が過ぎたわけではない。それなのに舌の根も乾かぬうちにこの始末か。すっかり私はヴィンスに抱かれたくなっていると、そういうことなのか。

心の中で頭を抱える。自分で自分が信じられない。だけどどう考えても、その結論しかなかった。

私はヴィンスに皆の前で求婚してもらって、婚約者として認めてもらって、すっかり嬉しくなってしまった大馬鹿者ということなのだ。その証拠に、ヴィンスに抱かれても良いかなとか本気で思っている。

——私……血迷いすぎでしょ……！

そうは思うが、気づいてしまった己の本心には逆らえない……というか逆らいたくない。

こっそり脳内アレクにも相談してみたが、彼も心を定めたのなら行くしかないと背中を押してくれた。

どこまでも頼もしい脳内アレクには感謝しかない。

「ヴィンス」

気持ちが揺るがないうちにと声を掛ける。基本私は、これと決めると突っ走る傾向にあるので、今ももう、前に踏み出すしかないと思い込んでいた。

私はソファから立ち上がると、彼の側へと歩いて行った。ヴィンスはキョトンとした顔で私を見ている。

「ミーシャ？　どうかしたの？」

「……私、今日は帰らなくても良いかなって思っています」

言った。言い切った。

帰らなくても良いとは、我ながら誤解のしようもない言葉である。だけど己の逃げ道を塞ぐにはこれくらいはっきり言った方が良いと思ったのだ。

決めたのなら突き進む。それが私なのだから。

「へ？」

私の言葉を聞いたヴィンスが目を丸くする。信じられないという顔で私を凝視した。

「ミーシャ？　君、何を言って……」

「ヴィンスの気持ちはとても嬉しいですしありがたいことだと思っていますけど、今日の私は違うんです。その……今日の私は、もうちょっとその……ヴィンスと恋人らしいこともしたいなって思って……」

「恋人らしいこと？」

「……言わせないで下さいよ」

察してくれればそれでいいのだ。具体的な言葉を告げるのはさすがに恥ずかしい。

「本気で言ってる？　えっと、帰らなくて良いって？　泊まるってこと？」

真顔で尋ねられ、私はコクリと頷いた。

「ええ、本気も本気です。冗談でこんなことは言えませんから」

「そ、そりゃあそうだろうけど。え、でも、君の脳内アレクは、そういうのよくないって言うんじゃないの？　ほ、ほら、婚前交渉とか……ねえ？　さすがに私も泊まりとなると我慢はできないいんだけど……手を出さないなんて約束はできないよ？　むしろ出す自信しかないけど！」

「我慢、しなくていいです。存分に手を出して下さい」

「嘘でしょ⁉」

ソファを倒しかねない勢いで、ヴィンスが立ち上がる。

「嘘じゃありません。大体……泊まりで手を出されない方がショックですよ」

「いや、それはそうかもしれないけど……ええ？　君の脳内アレクどうしたの？　そういう時って普通止めるものじゃないの？」

まだ信じられないのか、ヴィンスは半信半疑な様子である。だが実際、宿泊までして手を出されなかったら、女としてはかなりキツい……というか自室に引き籠もりかねないと思うのだ。

「先ほどからお尋ねの脳内アレクですが、彼は私の背中を押してくれましたからご安心を。心を定めたのなら行くべきだ。居竦んでばかりではいけない。女だろうが、時には大胆になることも必要だ。それこそが好きな人を摑んで離さない秘訣なんだって、そう言っていましたから。私もその通りだと思います」

「……」

最後の言葉を笑って告げると、ヴィンスは唖然としながら私を見た。

「え、本気？　本気で君の脳内アレクはそう言ってるの？」

「はい」

「ええ？　臨機応変すぎない？　そういう回答もありなんだ……」

「ありよりのありですね。アレクはわりとそういう助言もするんですよ。機を逃さない方が大事。いけると思った時はいくべきなんです」

「はああああああああ」

ヴィンスが特大のため息を吐き出した。そうしてなんとも言えないという顔で苦笑する。

「……ああうん。今、理解したよ。君が女性たちに恋愛相談をよく持ちかけられる理由。なんというかもう、色んな意味で完璧じゃないか。そりゃあ引く手あまただよね。引き留めるだけでなく、必要な時には容赦なく背中を押してくれるアドバイザーなんて……私も欲しいくらいだよ」

「ええ、アレクは恋愛相談のプロですから」

クスクス笑いながら答える。ヴィンスがじっと私を見つめてきた。

「……じゃあさ」

「はい」

返事をすると、ヴィンスがソファから立ち上がった。そうして私に向かって手を差し出してくる。その手を見つめた。

「君にそこまで言わせて、男としてはちょっと情けないなって思うけど、改めて言わせて欲しい。ミーシャ……その、良かったら今晩はここに泊まっていかないかな。私は君を愛しているから、もっと深く君を知りたいと思うんだ」

告げられた言葉に、自然と笑みが深くなっていく。

嫌だなんて思わなかった。私が抱いたのは喜びと期待の感情だけ。

もっと知りたいというのは私も同じだ。ヴィンスのことをもっと知りたい。この先に何があるのか、彼と一緒なら見てみたいと今は素直にそう思える。

だから私は彼の手に己の手を重ねた。目を見つめ、笑顔で言う。

「はい、喜んで」

スマートとは言いがたかったけど、まあ、そういうのも私たちらしくて良いのではないだろうか。

だって恋とは往々にして予定通りにはいかないものなのだから。

◇◇◇

「こっち」

「わ、暗いですね」

「待って、今明かりをつけるから」

ヴィンスに連れて来られたのは、居室の奥にある部屋だった。明かりのついていない中は薄暗いが、それでもベッドが鎮座しているのが見える。寝室だと気づき、ドキドキした。

――わ、わ……ベッドだわ。

うん、生々しい。

どっくんどっくんと、心臓が脈打っている。初めてのことに緊張し動けなくなっている私の腰を明かりをつけたヴィンスがそっと引き寄せた。耳に吐息が掛かる。

「ミーシャ」

「ひゃ……」

「良いんだよね？」

窺うように尋ねてきたヴィンスに、微かにではあるが首を縦に振って答える。ここまで来てやっぱり止めようなどとは言えないし、言いたくもない。とても緊張しているが、それと同じくらいこれからのことを期待している自分を知っているからだ。

ヴィンスのジャケットを摑み、彼に言う。

「大丈夫、です」

「良かった。ここまで来てやっぱり止めておくって言われたらどうしようかと思ったよ」

心底ホッとしたように言われ、思わず笑ってしまった。

「言いませんよ、そんなこと」

「うん。でも、男って意外と臆病な生き物だから、何度でも確認したくなってしまうんだ」

「それは、女も同じですね」

気持ちは分かると思いながら頷く。ヴィンスが私の頰を撫で、そっと上を向かせた。顔が近づいてくることに気づき、目を瞑る。

――キス、される。

そう思うのとほぼ同時に、唇に柔らかな熱が触れた。森へデートに出掛けた時、騙し討ちのように口づけられた時とは違う。己の意思で受け止めた口づけは、妙な甘さを私にもたらした。

――すごい。気持ちいい。

唇が触れているだけなのに、頭がぽーっとなってしまう心地よさだ。心臓が緊張しすぎて、暴れまくっている気がする。一向に収まる気配がしない。

角度を変え、何度も唇が押しつけられる。その全てに真っ赤になりながら応えていると、突然ペロリと下唇を舐められた。

「ひゃっ⁉」

ぱちりと目を開ける。ヴィンスが蕩けるような笑みを浮かべて私を見ていた。金色の瞳はまるで肉食獣のような獰猛さを湛えている。

逃がさない。そう言われているようでゾクゾクした。ヴィンスの雄みの強い表情に見惚れていると、彼は両手で私の顔を持ち、思いきり口づけてくる。

「んんっ⁉」

唇を押しつけられ、慌てた私は思わず口を開いた。嫌だったのではない。いきなりで驚いたから、もう少しゆっくりしてくれとお願いしたかったのだ。だがそのタイミングで、彼の舌が口内に捻じ込まれ、お願いどころの騒ぎではなくなってしまった。

「んっ！」

口腔に侵入したヴィンスの舌は好き勝手に暴れ回った。中を確かめるように頬の裏側を舌先で突いたり、上顎を擦ったり、傍若無人に振る舞っていく。

そのたびに私は身体をビクビクと震わせた。

与えられる未知の快感は暴力的なまでに心地良くて、抵抗する気なんて全く起こらない。ヴィンスの舌が私の舌先をチロチロと刺激する。擽ったいような不思議な感触が堪らなかった。口内に温かい唾液が溜まっていく。その中を舌が動き回るものだから、くちゅくちゅという水音が鳴り、どうにも恥ずかしい。

「は……あ……」

ようやく満足してくれたのか、ヴィンスが唇を離す。互いの唾液が糸となりプツリと切れた。そのタイミングで溜まった唾液を飲み干してしまう。

「ん……」

「可愛い。目がとろんとしてる。キス、気持ちよかった?」

「は……はい」

息が荒い。頭がぽーっとしている。心臓は相変わらず荒れ狂うように脈打っていた。身体には全然力が入らなくて、頽れてしまいそうな私をヴィンスが抱き留めてくれる。

「ベッド、行こうか」

耳元で囁かれた言葉に、首を縦に振ることで答える。キスだけでもこんなにドキドキしたのだ。これから先、自分がどうなってしまうのか多少不安はあったが、それよりも期待の方が大きかった。

ヴィンスに抱きかかえられるようにしてベッドまで歩く。端に腰掛けるとそれとほぼ同時に口づけられ、当たり前のように押し倒された。柔らかなリネンの感触を背中に感じ、ああ、これから抱かれるのだと胸が熱く高鳴った。

「は……ん……」

「ミーシャ、ミーシャ……好きだ。好きだよ」

余裕のない声音に胸が疼く。繰り返される口づけは快く、時折舌を差し込まれたが、私はそれを喜んで受け入れた。舌先同士を擦りつけ合うと、何故か腹の奥がキュンキュンと震える。

「ん……ミーシャ……可愛い……」

「あっ……」

ヴィンスの手が私の身体をいやらしく弄る。身体のラインを確かめるような動きに、こちらの気持ちも自然と昂ぶってしまう。

「可愛い。好きだよ」

甘やかすように何度も好きだと言われ、少しずつ身体から力が抜ける。

「は……あ……んっ！」

脇腹辺りを擦っていたヴィンスの手がドレスの上からではあるが、乳房に触れた。誰にも触れられたことのない場所を彼の手が無造作に掴む。

「ひゃっ……」

未知の感覚に淫らな声を上げてしまった。ヴィンスが膨らみを優しく揉みながら、尋ねてくる。

「こうされるの、嫌？」

「嫌じゃ……ない、です。でも……」

「でも、何？」

胸を揉む動きは止めず、彼が聞いてくる。恥ずかしいなと思いながらも私は言った。

「その……私、あまり胸が大きくないので……恥ずかしくて……」

「え」

「男性は、胸が大きい方が良いって聞いたことがあるので」

私の体型はわりとスレンダーで、胸の大きさはそこまでではない。今までそれを気にしたことはなかったし、むしろ男装するにはちょうどいいと思っていたのだが、ここに来て、急に胸が小さめであることが気になっていた。

——だって、好きな人にガッカリされたくない。

男性が胸の大きな女性が好きというのは、女の子たちからもよく聞く話で、自分には関係ないと思っていた時は笑ってスルーできたが、当事者となった今では、とてもではないが看過できない。

「え、それ、気にするの？」

「あ、当たり前じゃないですか……」

胸を触られること自体は嫌ではないが、彼にガッカリされていたらどうしようという不安が付き纏う。真っ赤になって言い返すと、彼は私の首元に顔を埋めた。髪が顔に掛かる。彼の髪質は硬く、少しチクチクした。

「可愛い……」

「ヴィ、ヴィンス？」

「え……ミーシャ、すごく可愛いんだけど。嘘でしょ、そんなこと気にしちゃうの？　馬鹿だなあ。好きな女性の身体に嫌だと思う場所なんてあるわけないじゃないか。大きさなんてどうでもいい。ミーシャを抱けることが嬉しいんであって、胸の大きさを気にしたりはしないよ」

「そ、そうなんですか……」

「ミーシャならなんでもいい……というか、ミーシャが良いんだからそんなこと気にしないでよ」

言われた言葉を噛みしめる。

ヴィンスが首筋に唇を落とす。そのまま強く吸いついてきた。チクリとした痛みが走る。

「んっ……何を……」

「キスマーク。いわゆる所有痕てやつだね。君が誰に抱かれたのか誰の目にも分かるように印をつけておこうかなって」

実に楽しそうに語るヴィンス。そんな彼につられ、私も笑ってしまった。

「そんな物好き、ヴィンスしかいませんから、わざわざつける必要なんてありませんよ」

「え、そうかな。絶対にそんなことないと思うけど……ね、ミーシャ。そろそろドレスを脱がせてもいい？」

「……好きにして下さい」

いちいち確認しないで欲しいなと思いつつも頷く。ヴィンスがドレスに手を掛けた。そうしてにこりと微笑む。

「ねえ」

「はい」

「男がドレスを贈る理由って知ってる？」

「ええと、脱がせたいとかそういうやつですか？　はい、知ってますけど」

よく聞く話だ。むしろそういう話があるから気をつけろと、女の子たちに注意している側なので、今更という感じだった。

何故そんな話を持ち出したのかとキョトンとすると、ヴィンスがドレスについていたボタンを外しながら言った。

「私も同じだってこと。このドレスを選びながら、これを着た君を脱がせたいって思ってた」

「っ……！」

ボッと顔が赤くなったのが自分でも分かった。

確かに今日の格好は一式全てヴィンスから贈られたものだ。そのことを思い出し、身悶えしたくなるほどの恥ずかしさを感じた。

「ヴィ、ヴィンス……」

「今日、君がそのドレスを着ているのを見て、どれだけ私が脱がしてやりたいって思っていたか分かる？　無理だろうなと分かっていたから期待してはいなかったんだけど……まさかこんな形で願いが叶うとは思ってもみなかった。本当に嬉しいよ」

「そ、そう、ですか」

そんな風に言われると、もうなんと答えて良いのか分からない。動揺しているうちにドレスが引き下げられた。胸を覆う下着が露になっていることに気づき、意味はないと分かっていつつも己の両手で隠す。気にしないと言われても、胸が小さめであることがどうしても気になるのだ。だがヴィンスは私の行動が気に入らないようで、ムッとした顔で私を見てきた。

「ミーシャ。どうして隠すの？　君の綺麗な身体を見たいんだけど」

「え、あ、や……お見せできるようなものでは……」

「意味が分からないよ。恥ずかしいのは分かるけど、そこは我慢して欲しいな。ほら、手を離してくれる？」

「うう……ううう……」

丁寧に手を退けられ、ふるふると震える。

ヴィンスに身体を見られているのがどうにも恥ずかしかった。

「良い子。ほら、腰も浮かせて」

「……」

真っ赤になったまま腰を浮かせると、するするとドレスが脱がされる。パサリとドレスが絨毯の上に落とされた音がした。

「ミーシャ、すごくスタイルがいいね。綺麗だよ」

「そ、そういうのは良いですから……」

下着だけの心許なさがどうにも落ち着かないし恥ずかしい。せっかくヴィンスが褒めてくれても、それを嬉しいと思えるような心の余裕はどこにもなかった。

「本当に思ってるのに」

「う、嘘とかそういう風には思っていません。ただ、どうにも恥ずかしくて」

「今からもっと恥ずかしいことをするのに？　下着も脱ごうか」

「ひぃ……」

ちゅ、と宥めるように頬に口づけながら、ヴィンスが胸を覆う下着に手を掛ける。躊躇なく脱がし、彼は下着をぽいっと放り投げた。

「あ……」

「ミーシャが怖じ気づいて逃げないように、ね」

「い、今更逃げませんよ……」

「そうだと良いけど。こっちも脱がせようか。ああ、でも……」

「ひゃっ……」

下着の上から敏感な場所に触れられ、変な声が出た。ヴィンスがクロッチの部分を指で押す。

「や……ちょっと……」

「下着の上からというのも興奮するよね」

「し、知りませんよ……やんっ」

上下に指を動かされる。薄い布越しに触れられると、妙に感じてしまう。気持ちいいというか物足りないというか。それと同時に、身体の奥からドロリとしたものが零れ落ちた。拙いと思うも止められない。

「あっ……」

無意識に声が出てしまった。

「ん？　あ、濡れてきた」

「ひぅ」

零れ落ちたものが下着を濡らしてしまった。それに気づかないヴィンスではなく、彼は非常に楽しそうに、濡れた場所をグリグリと指で擦った。

「あ、あ……や、ヴィンス……」

「私に触れられて感じてくれているんだね。嬉しいな。どんどん下着が濡れていくのが分かるよ」

「も、もう……それくらいで。勘弁して下さい」

腹の奥から、愛液が染み出すのが止まらない。ヴィンスが蜜口の辺りを指で擽るたびに、私の身体は分かりやすく反応し、蜜を零した。

愛液はトロトロと零れ、グッと腹に力を込めても滲み出てしまう。恥ずかしくてどうにか止めたいのに止まらなくて、羞恥の限界に達した私は己の顔を両手で覆った。

「ふっ、あ……もう……やあ」

「顔真っ赤にしてる。可愛い……。ね、もう下着がぐっしょりで役に立たないね。こっちも脱がしちゃおうか」

おそらくは愛液でグチャグチャになっている場所を直接見られる恥ずかしさに気づき、わずかに抵抗するも、すぐに下着を脱がされてしまう。

身につけているものが一枚もない中、私はキュッと身体を縮こませていた。

そんな私を見て、ヴィンスも服を脱ぎ始める。

衣擦れの音が妙に生々しい。カチャカチャとベルトを外す音が一番居たたまれなかった。

——う、うう……。

脱がされるのも恥ずかしいが、相手が脱ぐのを待っている時間というのもなかなかにクる。

ヴィンスが最後の一枚を脱ぎ捨て、ベッドで仰向けに転がる私の上に覆い被さってくる。女性とは全く違う男性の身体を生で見ることになり、ドキドキした。ふと下半身に目を向けると、男根が立ち上がっているのが見え、悲鳴を上げそうになってしまう。

——何これ。

腹まで反り返ったそれは雄々しいと表現するのが正しいのだろうが、私には凶器にしか見えなかった。どう考えても、私の中に入るとは思えないサイズ。

肉棒は太く、見るからに硬そうで、赤茶色の少し反り返った肉傘が恐ろしいものに思えて仕方ない。

男性の性器を見るのはこれが初めてだが、こんなにも大きなものだったのか。

思わず息を呑んでしまったのを、ヴィンスには気づかれたようだ。

「そんな顔しないでよ。君のことが好きで興奮してこうなっているんだからさ」

「そ、そんな顔って……」

「引き攣ってるっていうか……怖がっている？　そんな感じ」

「だ、だって……大きい」

もう一度彼のモノに目を向ける。

うん、やはり大きい。私の中にこれが入るとはとても思えない。

「男にとっては褒め言葉みたいなものだけどね。大丈夫。できるだけ君が辛くないよう頑張るから。だから嫌だなんて言わないでよ？」

「い、嫌だなんて……言いません」

恐ろしいのは事実だが、自分の発言を撤回しようとは思わない。

ふるふると首を横に振ると、ヴィンスは「良かった」とホッとしたように笑った。

「じゃ、お許しも出たことだし、ゆっくりたっぷり愛し合おうか。大好きだよ、ミーシャ。だから力を抜いて、私に全てを委ねて欲しいな」

「わ、分かりました……」

もとより私にできることなんてそれくらいしかない。頷くと、私に覆い被さったヴィンスは胸の上に置いていた手を退けさせた。優しい動きだったが何故か逆らえない。

全裸姿をヴィンスに晒しているという事実が恥ずかしくて堪らなかった。

「綺麗だよ、ミーシャ。ね、触っても大丈夫？」

「は、はい……」

「うん。優しくするからね」

宥めるように頬に口づけられる。唇はそのまま下に降り、首筋や鎖骨を愛撫していった。

唇で肌に触れられると擽ったいような気持ち良いような、不思議な感じがする。唇の温度は熱く、触れられるたび、熱が移る心地がした。

「は……んんっ……」

ちゅ、ちゅ、と唇が肌を這う。鎖骨のラインをヴィンスが舌で舐めた。予想していなかった動きに思いきり反応してしまう。

「ああっ……」

「気持ちいい？　じゃあ、こっちはどうかな」

「んっ」

むに、とそれまで触れられなかった胸を摑まれた。直接乳房に触れられ、ビクンと大袈裟なくらいに身体が跳ねる。

「ひゃっ……ああっ」

「どう？」

「分からない……です。でも、恥ずかしい……んっ」

乳房を揉まれても気持ちいいという感じはあまりなかった。ただただ恥ずかしいと思うだけ。どちらかというと、鎖骨を這う舌の動きの方に快感を得ていた。

「恥ずかしいだけか。なら……君はこっちの方が感じるかもしれないね」

胸全部をむにむにと揉んでいたヴィンスが、そっと指で天辺に触れた。

その瞬間、今までにない快感が全身を走る。

「あっ！」

軽く触れられただけなのに、気持ちいいと感じてしまう。私の反応を見たヴィンスが再度胸の頂に触れた。柔らかなその場所を指の腹で少し強めに押されると、自然と甘い声が出た。

「んあっ」

「やっぱりこっちの方が気持ちいいんだ。ふにふにしていて触り心地がいいな。柔らかい」

「はっ……んっ……ヴィンス……遊ばないで……」

私が反応していることに気を良くしたヴィンスがくにくにと乳首をいじくり始める。特に中心部分に触れられると、また腹の奥がじんと疼いた。

「はあっ、ああっ……」

「触っていたら、可愛い突起が飛び出してきた。ピンと尖って咥えて欲しいって誘ってる」

「あ、嘘……誘ってなんて……ああんっ」

パクリと先端を咥えられ、蕩けた声が出た。ヴィンスが舌で胸の尖りを舐め転がし始める。経験のない強い快感に、私は見事に翻弄された。

「ひあっ……やあ……んんっ……」

「ん、美味しい。今度は吸ってみようか」

「ああっ」

キュウッと強めに吸い立てられた。その瞬間、ドロリと多量の蜜が零れ落ちる。乳首を挟まれ吸われると、甘い痺れが全身を襲い、どうしようもなく腰が揺れた。

「ああっ、ああんっ……ヴィンス、あんまり強くしないで……」

「うっわ、エッチだね、ミーシャ。可愛い……」

「やあん」

咎める声も自分のものとは思えないほどに酷く甘い。こんな声を聞かされた方は、嫌がっているなんて絶対に思わないだろう。実際本気で嫌がっているわけではなく、快感が強すぎるから勘弁して欲しいと思っているだけなので、ヴィンスが調子に乗るのはある意味当然とも言えた。

「あっ、あっ……」

「こっちも可愛がってあげるね」

反対側の胸の突起を二本の指で摘まれた。乳首が感じると分かったからだろう。熱い口腔と指で両方の胸を愛撫され、私は身悶えることしかできなかった。

「はあ……あああ……ヴィンス」

与えられる快楽をやり過ごしたくて、シーツを握りしめる。ヴィンスの右手が内股に触れた。その手はするりと上がり、愛液でぐっしょり濡れた蜜口に触れる。

「ああんっ」

大事な場所に直接触れられ、感じたのは甘い快楽だった。ヴィンスの指が滑るように蜜口を上下に擦る。恥ずかしいのに気持ちよくて、頭がおかしくなりそうだった。

「ひうっ……んんっ」

「ミーシャ。もう少し足を開いて」

「ひゃっ、ああん……」

胸から口を離し、ヴィンスが私に足を開くように言う。だが、吐息が胸の先に掛かり、変な声を上げてしまった。散々舐められた乳首は更に尖り、唾液に塗れている。そこに息が掛かれば冷たい感触がし、新たな快感を得てしまう。

「良いから。ほら、良い子だから、もう少し足を開こうね」

「あっ……」

蜜口に優しく触れていた手が太股を摑む。いつの間にか、もう片方の手も反対側の足を持っている。あっと思った時には、グッと左右に大きく広げられていた。

「やっ……ああっ！」

大きく足を広げられ、恥ずかしい場所がヴィンスの目の前に晒された。逃げようにもしっかり両足を持たれているので動けない。ヴィンスの視線を感じ、堪らなく恥ずかしかった。

「や……なんで、こんな……」

「君の可愛い場所をもっとしっかり見たかったんだ。ああ、少し下の口が開いているね。胸を舐められて感じたからかな。中、どうなっているのかな。奥まで見たいな。いいよね、私は君の婚約者なわけだし」

「ちょっ……ちょっと！」

ヴィンスが私の片足を肩に掛け、空いた手で蜜口を左右に開く。あまりに恥ずかしい体勢に眩暈がしそうだ。

「や、止め……ヴィンス……こんなの恥ずかしいから……」

「恥ずかしくない。すごく綺麗だから気にしないで。中は薄いピンク色なんだね。見られて興奮しているのかな。襞肉がひくついているのが分かるよ」

「もうやだあ……」

まじまじと観察され、泣きそうになった。両手で顔を覆う。それで羞恥がマシになるわけではなかったが、そうせずにはいられなかったのだ。

「ここ、触られるとどう？」

「ひっ……！」

ヴィンスが蜜口の少し上にある敏感な突起に触れた。途端、大袈裟なくらいに身体を跳ねさせてしまう。それくらいの衝撃だったのだ。今まで感じたことのない刺激に腹の奥がキュッと収縮する。

「や……何……？」

「女性が一番感じる場所、かな。その様子だと気持ちいいみたいだね。あまり激しくするとキツいだろうから優しく触るよ」

「ひゃっ……あっ……」

撫でるように突起に触れられ、腰が上下に跳ねた。ひと撫でされるだけで、途方もない悦楽を得ることができる。身体中に稲妻が流れたかのような衝撃を感じた。

——何これ、気持ちいい。

こんな快感、知らない。今まで与えられた喜びが児戯に思えるほどそれは強烈で、鮮烈だった。

「あっ、やっ、んっ……駄目ぇ、ヴィンス……！」

腰を揺らし、逃げようとするも片方の足は肩に掛けられていて碌に動くこともできない。蜜口からひっきりなしに愛液が零れているのが自分でも分かる。

「ん、気持ちいい？」

「よ、良すぎて駄目……っ！」

「そう。よかった」

「ひっ……！」

少し力を込めて、花芽を押し潰された。弾けるような快感に襲われ、一瞬息が止まる。

ヴィンスは零れた愛液を指に絡めるとヌルヌルと突起に擦りつけ始めた。指が滑るせいか、先ほどとはまた違った気持ち良さになる。下半身は身動きが取れないので、私は上半身をくねらせ、激しい悦楽からなんとか逃げようと足掻いた。

「あっ、も……」

気持ちいいのが腹の中に溜まっていく。その感覚が怖くて堪らない。

息を乱し、淫らに喘ぐ私をヴィンスは楽しげに見つめていた。

「こんな小さな突起を弄られただけで、そんなに可愛く乱れちゃうんだ。……じゃあ、私のモノを入れたら君はどんな風に喘いでくれるんだろうね」

「んんっ……」

「大丈夫。まだ挿入はしないから。中を解していないし、一度イった方がそのあとも楽だろうから、まずはイかせてあげる」

「ひんっ……！」

何を思ったのか、ヴィンスは股座に顔を近づけると、先ほどまで指で虐めていた花芽を舌先で突き始めた。

指とはまた違う新たな刺激にピンと背がしなる。

「ひうぅっ！　ヴィンス……何を……！」

「何をって、舐めてるんだけど。こうすると気持ちいいでしょう？」

「き、気持ちいいけど……こんなの駄目……！　あああっ！」

抵抗しようにも、がっつりと両足を押さえられており、無意味だった。ヴィンスの舌はまるで生き物のように這い回り、陰核を容赦なく攻撃した。左右に嬲り、上下に擦る。そうされると私はもうひたすら喘ぐことしかできなくなってしまう。

「ひ、あ、や、あ、ん……」

ぬめった舌の感触に翻弄される。頭がぽーっとして何も考えられない。降り積もった気持ち良さが更に溜まり、腹がきゅうっと収縮を始める。

「は……あ……あ……駄目……何か……クる……お願い……もう、止め……」

己の身体に起きている未知の感覚が怖くてヴィンスに懇願する。だが、彼は止めてはくれなかった。あろうことか、散々虐め抜いた花芽に軽くではあるが歯を立てたのだ。

「ひっ……！」

「イって」

「っ！」

そんなことをされて耐えられるはずもない。何かが突き抜けるような感覚と共に私は果てた。

「あ、アアアアアアアアッ!!」

ビクンビクンと身体が跳ねる。与えられた衝撃に目を見開いた。間抜けにも口だって開けっぱなしだ。だけど今、勢いよく頭の天辺へと駆け抜けていった快楽があまりにも強くて、どうしようもできなかった。今も余韻で身体が小刻みに震えている。力が入らない。

蜜口から洪水のように蜜が溢れていたが、恥ずかしがる余裕もなかった。

「あ、あ、あ……」

初めての体験に呆然とするしかない私にヴィンスが口づけてくる。そうして甘い笑みを浮かべ、嬉しげに言った。

「イったんだね。ミーシャ、すごく可愛かったよ」

「イった……？　今のが？」

貴族令嬢として閨の教育は一通り受けている。一定以上の快楽を与えられると達する……みたいな話は家庭教師から聞いて知っていたが、想像とは全く違った。恐ろしいまでの快楽……だけども確実に癖になってしまうであろう行為だ。

「ヴィンス……私……」

「うん。疲れただろうけどごめんね。私も辛くて。続き、させて」

「あっ……」

ヴィンスが蕩けた蜜口に指を差し込んできた。散々愛液を溢れさせた膣道は彼の指を思いのほか簡単に咥え込む。

「んっ……」

「痛くない？」

「大丈夫、です……んっ、ん……」

媚肉がヴィンスの指に絡みついているのを感じる。狭いその場所を広げるように彼は指を動かした。穏やかな気持ち良さがやってくる。先ほどまでのキツさとは違って、ホッとした。

「はあ……」

「どうかな?」

「気持ちいい……ような気がします……」

正直に答える。異物が内部に侵入しているという違和感はもちろんあったが、十分すぎるほど蜜壺が濡れそぼっているせいなのか、痛みのようなものは感じない。ほんのりとした心地よさに目を瞑っていると、指がもう一本増やされた。

「えっ……」

「もう少し広げないと駄目だから」

「あ……んっ」

人差し指と中指の二本を蜜壺に収めたヴィンスが、中でバラバラと指を動かす。膣壁を指が掠る。今までのぼんやりとした気持ち良さとは違う種類の快感が私を襲った。

「ひゃっ……!?」

「ああ、ここが気持ちいいんだ。良いよ、たくさん触ってあげる」

「んっ、あっ……やあ、擦らないで……!」

私が反応した場所をヴィンスが執拗に攻撃する。膣壁を指で擦られると、キュンキュンと膣道が収縮した。

「はあ……ああ……もう……無理ぃ……」

ただでさえ先ほどイって、体力を消費しているのだ。気持ちいいけれど、それ以上にしんどくて、私は荒く呼吸を繰り返した。ぐったりとしつつも喘ぐ私を見たヴィンスが指を引き抜く。

「え……ヴィンス？」

「あんまり虐めるのは止めようか。なんと言ってもこれからが本番なのだし。君をこれ以上疲れさせて最後までできないというのも困るからね」

ヴィンスがグッと両足を持ち上げる。そうしていまだ蜜を零し続ける蜜口に、肉棒を押しつけてきた。硬く温かな感触にドキリとする。切っ先が花弁の奥へと潜り込んだ。

「あ……」

「挿れるよ」

「え、あ、ちょ……ああっ……！」

返事をする前に肉棒が中へ侵入してきた。肉傘が隘路を掻き分け、奥へ奥へと進んでいく。切れるような痛みが生じる。

「あ……痛い……っ」

今の今まで快感しかなかっただけに、余計に痛く感じた。ギュッと目を瞑る。ヴィンスが苦しそうに息を吐きながら言った。

「……ごめん。君の返事を待つつもりだったんだけど、我慢できなかった」

「そ、それは良いんですけど……んんっ」

元々してもいいと言ったのは私だ。だから挿入されたこと自体は構わないのだが、とにかく痛みが辛い。肉棒が膣孔を押し広げるたびにプチンと何かが切れるような、そんな疼痛が走るのだ。

「んんんっ……」

グッと奥歯を嚙みしめる。

熱く硬い肉棒が容赦なく蜜孔に捻じ込まれていく。熱さと痛みの両方に呻きながら私は近くにあったシーツを摑んだ。

「んっ……くっ……」

「っ……ミーシャ、力を抜いて……」

「無理、です……」

ふるふると首を横に振る。そうする方が身体が楽なのだろうことは分かったが、巨大な質量が身体の中に入り込んでくる衝撃が強すぎて、力なんて抜けない。

肉棒が少しずつ押し込まれる。その圧迫感は想像以上で、私は浅い呼吸を何度も繰り返した。

「はっ、あっ、あっ……」

「……入った」

痛みと圧迫感に耐えていると、ややあってヴィンスの声が聞こえた。恐る恐る目を開ける。額にびっしりと汗を掻いたヴィンスが嬉しそうな顔で私を見つめていた。

「ヴィンス……」

「全部入ったよ。よく頑張ってくれたね」

「あ……本当に?」

「うん。これで奥まで全部私のものだ」

「あっ」

軽く腰を奥へと押しつけられ、声が出た。最奥まで肉棒はギュウギュウに捻じ込まれている。軽く動かれただけでも刺激となり、身体に響いてしまうのだ。

「やあ、動かないで……」

「ごめん。まだ痛む?」

ピタリと動きを止め、ヴィンスが尋ねてくる。多分、動きたいのだろうなと察した。

膣内は痛みを訴えてはいたが、最初に入ってきた時ほど強いものではない。

「……まだ少し」

「じゃあ、もう少しこうしていようか。私としてもこのままっていうのはキツいんだけど、受け入れる側の君が痛いのは本意ではないから」

「ありがとうございます……あっ」

ふに、と胸を揉まれた。人差し指が乳首を捏ねる。

「ひゃんっ、ヴィンス……何を……」

「君の痛みが落ち着くまで、こうやっていようかなって。快楽で痛みがマシになるかもしれないし、私も楽しいから」

「あ、きゃっ……やあ……抓らないで」

「え、でも、乳首、立ってるし、これ、悪戯してくれってことでしょう？」

「ちが……」

乳首がいやらしく立ち上がっているのを指摘され、真っ赤になった。両方の切っ先を指でグリグリと虐められる。

「ああんっ……ヴィンス、駄目、です……」

「駄目、じゃなくて気持ちいい、でしょう？　だって君の中、また潤み始めてる。締めつけもさっきより少しマシになってるから……うん、こうやって悪戯するの、効果ありそうだね」

「ひゃあんっ」

両方の乳首を同時に抓られ、甘い声が上がった。それと同時にギュウッと中に迎え入れたヴィンスの肉棒を締めつけてしまう。

ヴィンスが顔を歪めた。

「いた……もう、せっかく力が抜けたと思ったのに。あんまり締めないでよ。キツい……」

「ご、ごめんなさ……でも、ヴィンスが悪戯するから」

「ミーシャが落ち着くまで可愛い乳首で遊んでいようと思っただけだよ。ああ、でも本当、ミーシャの中、気持ちよすぎて堪らない。ねえ、まだ動いては駄目かな？」

「ああんっ」

軽く腰を前後に揺すられ、強請るような声が出た。先ほどまであった痛みはほぼ消えている。

私の声を聞いたヴィンスが嬉しそうに言った。

「大丈夫そうだね。良かった」

「あ、ちょっと待って……あっ」

ヴィンスがぐっと腰を引く。埋まっていたものが消える感触に声が出た。だが、次に訪れたのは深い衝撃。肉棒が奥へと叩きつけられる。腹を押し上げるような圧迫感に息が詰まった。

「んあっ」

　ゆっくりとヴィンスが腰を動かす。だけどその動きは力強くて、ひと突きされるごとに、腹の奥が熱く疼いた。

「あっあっ……ヴィンス、強い……」

「そう？　これでも大分我慢しているんだけど……ああ、ミーシャの中は気持ちいいな。無数の襞が絡みついてきて堪らない。吸いつくような感触がすごくいいよ。もっとって強請られているみたい」

「そ、そんなの知らない……ひゃあっ」

　グルリと腰を押し回され、変な声が出た。今までとは違う感覚に身体が震える。蜜壺を掻き回すような動きだ。

「こうやって掻き回すと、少し中が広がるね。違うところに当たるのはどう？　気持ちいい？」

「ひあっ、やっ……変な動き方しないで……！」

　隘路を広げるように何度も掻き回される。そのたびに愛液でいっぱいの肉洞はいやらしい音を奏でた。ヴィンスは私の両足を持ち、腰を打ちつけてくる。同じ動きを繰り返されているうちに、最初は何も感じなかったところから、いつの間にか快楽を拾えるまでになっていた。

「あっ……あっ……」

「あー気持ちいい……」

パチュンパチュンと肉同士のぶつかり合う音がする。最初は遠慮してくれた彼だったが、今やその動きはかなり速くなっていた。彼が肉棒を膣奥へ叩きつけるたびに乳房が上下に揺れる。それが酷く恥ずかしい。

「あっ、あっ……ああんっ」

声もすっかり甘くなり、揺さぶられると肉棒をキュッと締めつけてしまう。膣壁を肉傘で擦られるのが癖になりそうなほど心地良くて、気づけば自分からその場所へ招くように腰を動かしていた。

「ん？　ここ、気持ちいいの？」

私の動きに気づいたヴィンスが、気持ちいい場所を突き上げる。望みの場所を擦られ、悲鳴のような嬌声が上がった。それと同時に肉棒を逃がすまいと媚肉が収縮し、屹立を締め上げる。

「うわ……きつ」

「んっ……気持ちいいっ……気持ちいいの……」

肉棒が抽挿する動きに感じ入る。一度、快感を拾ってしまえばあとは落ちていくだけ。陰核を弄られた時とは別の気持ちよさに私は夢中になった。

キツすぎない分、こちらの方が気持ちいいと思えるかもしれない。

無意識にヴィンスの身体に足を絡める。

「はっあっあ……ヴィンス……好きぃ……」

揺さぶられながらも愛の言葉を紡ぐと、ヴィンスはほんの一瞬ではあるが動きを止め、顔を赤くした。

「え、ミーシャ、可愛すぎるんだけど。……ずるいなあ。私だってこんなにも君を愛しているっていうのに。ねえ、ミーシャ。そろそろ私もイってていいかな。君の中に出したいんだ」

「えっ……」

中に出すという言葉を聞き、思わずヴィンスを見つめた。彼は柔らかく微笑んでいる。

「いいよね。私たちは婚約者なんだし。私は君との子供ならいつでも欲しいって思うから」

「ヴィンス」

「もちろん君が嫌だって言うなら、外に出すよ。こういうことは双方の同意が大切だからね。独りよがりなことはしない」

「……」

「で、どうかな」

揺さぶられながら尋ねられ、少し考えた。

ヴィンスとの子を望めるかどうか。もちろん結婚すればそれは必須になるのだけど、今、できて困るかと言えば……特に困らないなと思った。

――ヴィンスが喜んでくれるのなら、私はいつでも……。

それが私の出した答え。

だから私は彼に言った。

「……良いです。中に出しても……んっ……」

「良いの？」

「はい。私、ヴィンスのこと、好きだから」

後悔なんてしない。きっと子供ができても喜びしかないだろうなと簡単に想像できる。

「ミーシャ！」

ヴィンスが身体を倒し、腰を強く振りたくる。私は彼の背に己の両手を回し、思いきり抱きついた。

「ヴィンス、ヴィンス……」

「嬉しい。好きだよ、ミーシャ。愛してる」

「……私も」

返事をするとほぼ同時に中に埋められた肉棒が質量を増した気がした。太く熱い男根が蜜壺を無遠慮に蹂躙《じゅうりん》する。痛いくらいの激しい動きだったが、それより気持ちいいが勝った私は彼の背中を抱きしめたまま、ただただ呼吸を荒らげていた。

「はっ、あっ、あっ……んっ、ふっ……」

蕩けた蜜襞に肉棒が突き刺さる。激しい抽挿に、腹がジンジンと痺れた。

「ミーシャ……ッ！」

「ああっ……」

ずんっと一際強く肉棒が膣奥に押しつけられる。それとほぼ同時に飛沫のようなものが腹の中へと吐き出されたのが分かった。じんわりとした熱さが広がって行く。

中に子種が吐き出されたのを感じ取り、心が満たされた。

とはいえ、身体は限界。全身が強い虚脱感に襲われている。

まるで激しい運動でもしたかのような辛さだ。頭がクラクラして身体に力が入らない。

ぐったりとしていると、ヴィンスが肉棒をゆっくりと引き抜いた。

「んっ……」

膣壁に肉棒が擦れた感触に、思わず甘い声を上げてしまう。もう何もする気にならず、ベッドに倒れ伏す私をヴィンスは愛おしげに見つめ、唇に口づけた。

「ありがとう。すごく幸せだよ」

その言葉に私も微笑む。私も同じだと思ったのだ。

身体は確かに辛いしキツいが、心は温かなもので満たされていた。だから私は身体にむち打って上半身を起こし、ヴィンスに言った。

「私も、です」

「でも、すごくキツそうだ。優しくすると言ったのに、結果として無理をさせてしまったね、ごめん」

「いいえ。私が望んだことですから」

頬に手を当て、心配そうな顔をしてくるヴィンスに、首を横に振って答えた。

良いと言ったのは私。そして私はその選択を全く後悔していなかった。

「幸せだから良いんです」

抱き寄せられ、胸に頬を寄せ、目を瞑った。汗の引いた身体は冷たかったが、その感触すら幸福だと思った。


こうして私とヴィンスは心身共に結ばれ、めでたしめでたし。あとは結婚式を待つだけとなった……のだが、それで終わらないのがこれまた私たち。

婚約者となった私たちに、早速新たな問題が浮上した。

# 第五章　浮気とかそういうのは一切ないけど、エッチしすぎは問題だと思う

「ミーシャ、好きだよ」

「も、もう……ヴィンスってば。その……私も好きです」

「可愛い！」

堪らないとばかりに私を抱きしめるヴィンス。そしてそれに逆らわず、むしろ嬉しげに彼の腕の中に収まる私は、誰がどう見ても世間一般でいうところの『バカップル』だった。

◇◇◇

両家の両親公認の仲となり、また心身共に結ばれた私たちは、当たり前だが幸せの絶頂にあった。

ヴィンスはデレデレとした態度を一切隠さなかったし、私も愛情を全面に押し出してくれるのが嬉しくて、それに喜んで応えていた。

まさに蜜月。

ヴィンスはこまめに公爵家を訪れ、それが無理な時は私が城へと赴いた。

ヴィンスは私にべったりで、私もそんな彼に応えていたものだから、気づけば毎週のように行っていた夜会にすらすっかり寄りつかなくなっていた。しかもそれをおかしいとも思わない。それくらいには、私は初めてできた恋人に夢中になっていて、ヴィンスの与えてくれる深い愛情に嵌まっていた。

今日も私はいそいそとヴィンスの招きに応じて城に赴き、彼の部屋で甘い恋人としての時間を過ごしていた。

「ミーシャ」

ベッドに腰掛け、ヴィンスが私の名前を呼ぶ。その声は砂糖を振りかけたかのように甘く、聞いているだけで恥ずかしくなるようなものだった。

正しく恋人に向ける声音にうっとりする。こうして彼に名前を呼んでもらうのが私は好きだった。

私は彼の希望で、ヴィンスの膝の上に座っていた。最初は隣に座っていたのだが、それでは遠いと彼が言い出したのだ。それに何故か納得して彼の希望通りにしてしまったのだが、私も大概頭が茹だっていると思う。バカップルと言われても、全く否定できない有様だ。

だけど、そんな頭がお花畑になっている私にもそれなりに悩んでいることはある。それは何かと言えば、彼との性生活が頻繁すぎることだ。

初めて彼と結ばれてからというもの、ヴィンスは事あるごとに私を求めてきた。彼との行為は気持ちいいし、嫌なわけでもないので私もそれに応じ、気づけば会うたびに抱かれているのが現状だ。でも。

——い、いくらなんでも頻繁すぎじゃない？

平均なんて知らないが、会うたびにというのはやはり多いと思う。

しかもヴィンスは一度では終わらないのだ。初めての時こそ私の身体を労り、一度で行為を終えてくれた彼だったが、それからは違う。行為が終わってヘトヘトの私に、「もう一回」と次を強請るのだ。無理だと言っても、上手く言いくるめられ、気づけば抱かれている始末。

回数も多ければ頻度も多い。

身体を重ねる前の清廉な彼とは大違いである。ものすごく爛れている。いや、清廉と言っても、私が勝手に思っていただけだけれど。

とはいえ、誘われてホイホイ応えてしまう私にも責任の一端があるということは分かっている。

ここはどうにかして行為の頻度と回数を減らし、今の爛れた性生活から脱するべき。私はそう考えていた。

——ええ、そうよね。そして普通の恋人同士に……！

普通の恋人同士がどういうものなのかは分からないが、少なくとも今の私たちのようでないことだけは確かだと思う。

「ミーシャ？」

よし、とひとり決意していると、ヴィンスが声を掛けてきた。ドキッとしつつ返事をする。

「な、なんですか？」

「なんですかって……さっきから話しかけてるのに上の空だから」

「すみません……少し考え事をしていて」

誤魔化すように笑う。どうやら自身の考えに没頭していて彼の声が聞こえていなかったようだ。私を己の膝の上に乗せたヴィンスがムッと頬を膨らませる。

格好良い外見をしているのに、彼は意外と子供っぽい仕草も多い。特に今の関係になってからはそういう可愛らしい部分をよく見せてくれることが増えていた。

——多分、それだけ私に気を許してくれているってことよね。

それは素直に嬉しい。

むくれるヴィンスの頰に口づける。

「ミーシャ？」

「すみません。ヴィンスを蔑ろにしたつもりはなかったんです。ええと、どんなご用件だったんですか？」

「ん？　特に用というわけではないんだけど……」

キスをしたことで機嫌が直ったのか、ヴィンスの声が甘く穏やかなものに戻る。それにホッとしていると、彼は私の肩を押した。反応できず、後ろに倒れる。後ろといってもベッドなので危なくないが、一体何を……と思っていると、即座にヴィンスが覆い被さってきた。

「え……」

「しよう。ミーシャ」

「え、でも……」

早速すぎるお誘いに動揺する。どうにか逃げ出そうとするも、すっかり彼の両腕に捕らわれていて動けない。

「ヴィンス……あの……」

「したいな、ミーシャ」

語尾にハートマークでもついているんじゃないかと思うような声音でヴィンスが言う。

私が断るなんて思ってもいない響きに、変な罪悪感に襲われた。

「ヴィンス、私――」

「膝に乗ってもらうというのは、距離が近くなるから我ながら良い案だったと思うけど、君の熱を感じるのは辛いね。ずっとムラムラしてさっきから抱きたくて仕方なかったんだ」

「……」

思いきり自業自得ではないか。声にこそ出しはしなかったが、ものすごくそう思った。

何せ私を膝に乗せたいと言い出したのはヴィンスなのだから。

「ヴィンス、あのですね。今日は――」

しませんよ、とそう言おうとした。だが、ヴィンスに言葉を阻まれてしまう。

「愛してるよ、ミーシャ。だから今日も君と愛し合いたいって思うんだ。まさか嫌だなんて言わないよね？」

「嫌だとは言いませんが、でも、最近回数が多くないですか？」

「多い？　普通じゃないかな」

キョトンとした顔をするヴィンスはどうやら本気でそう言っているようだ。だが、私は思う。毎回、複数回挑んでくる男は絶対に普通ではない、と。それは絶倫と呼ぶのだ。

「私は、ヴィンスに付き合えるほど体力があるわけではないのです。それに昨日もしたでしょう？　なのでできれば今日は止めておきたいなと思うのですけど」

「え……しちゃ駄目？」

「う……」

ヴィンスがまるで捨てられた子犬のような目で私を見てくる。だからどうしてヴィンスはこう可愛いところを見せてくるのだ。彼は格好良い分類であって、可愛いではないはずなのに、いっそあざといと言いたくなるような声や表情を見せてくる。

それにグラリときそうになりつつも、これはヴィンスの手口だと自分に言い聞かせた。こうやっていつも彼は私に自分の望みを押し通させようとするのだ。

「む、無理です」

いいよ、と言ってしまいそうになるのを堪え、なんとか拒絶の言葉を口にした。途端、ヴィンスが悲しそうな顔をする。うう、心臓が痛い。ついでに罪悪感も酷い。

私が心にダメージを負っていると、ヴィンスがうるうるとした目で聞いてきた。

「本当に？　駄目？」

「駄目……です……ね」

正視できなくて視線を逸らした。この時点で私の負けは確実のような気がしないでもないが……いや、勝負がつく前から諦めてどうする。もしかしたら勝てるかもしれないではないか。

なんとか自分を奮い立たせていると、ヴィンスが強請るような声で言った。

「ミーシャのことが好きだからしたいんだけど……本当に無理かなあ？」

「……」

必死に目を逸らし続ける。だが、ヴィンスが私の顔を摑み、自分の方へと向けたことで、彼の琥珀色の瞳を直視してしまった。

「う」

「身体がキツいって言うなら、残念だけど今日は一回で終えるよ。それならいい？　させてくれる？」

「……」

「ミーシャ？」

じっと瞳を覗き込まれる。その目を見つめ返しながら思った。

どうして私はここまでヴィンスに弱くなってしまったのだろう、と。恋人になる前まではもう少し自分の意見を押し通すことができたはずなのに、今では彼の言うことに逆らえない……というか断ったら可哀想だなと思ってしまう。

これが惚れた弱みというものか。自分がまさかそういうタイプとは思わなかったが、実際私はヴィンスにすっかり弱くなっている。その証拠にほら……。

「……わ、分かりました」

結局断りきれず、了承しているのだ。

「本当？　嬉しいな」

嬉々として口づけてくるヴィンスに応えながらも私は思った。

――私、やっぱりヴィンスに弱すぎじゃない？

こんなことでは回数を減らすなんて夢のまた夢だ。そうは思うのだが、彼のくれる快楽は嫌になるほど気持ちよくて、気づけば溺れてしまうのだった。

◇◇◇

「あ……ん……ヴィンス……お願いだから……痕はつけないで下さい」

互いに裸になり、彼の愛撫を受ける。背中に吸いつくヴィンスに、私は声を震わせながらも頼んだ。

時間はまだ昼過ぎで、部屋は明るい。そんな中で行為に傾れ込むのは悲しいことにもう慣れたけれど、所有印を刻まれるのは勘弁して欲しかった。

何せ屋敷ではメイドが入浴の世話をしてくれるのだ。恋人と会って帰ってきた主人に所有印があったら……そういうことをしてきたのだとバレてしまうではないか。

最初に彼に抱かれた時に城に泊まったから、私たちが肉体関係にあるというのはなんとなく知られている。だが、見せつけるような真似はしたくないのだ。せめて、『した』と分かるような行動を取るのは止めてもらいたい。

「メイドに見られたくないんです。その……恥ずかしくて」

ただ止めて欲しいと頼んでも、ヴィンスは受け入れてくれないだろう。それが分かっていたのできちんと理由を告げた。背中に強く吸いついていたヴィンスが「えー」と不満そうに言う。

「もう遅いよ。いっぱいつけちゃった」

「え」

「背中の……ここと、ここと、ここ」

「えっ、嘘。早い……や……あ」

付けた場所を指で柔らかく押さえていくヴィンス。それだけで簡単に身体は反応してしまう。ビクビクと身体を震わせる私に、ヴィンスは「ごめんね」と笑った。

「君の肌、白くて綺麗だからつい。今度から気をつけるから、今日は許してよ」

「……本当に、次からは止めて下さいよ」

「分かってる」

本気かどうかいまいち分からない声でヴィンスが返事をする。ついでのように背筋をすーっと撫でられ、変な声が出た。

「ひゃっ!? ちょっと……！」

「ごめん。なんとなく触ってみたくなって」

「なんとなくで変な悪戯しないで下さい……って、あ……！ んんっ！」

抗議するために振り返ろうとしたが、ヴィンスが素早く後ろから挿入してきたせいで頓挫した。

うつ伏せの私に後ろから覆い被さるような体勢だ。ヴィンスは両手をベッドに突き、まるで腕立て伏せでもしているかのように見えた。

私に完全に覆い被さる形になったヴィンスが上機嫌に言う。

「こういう体位は初めてだけど、結構いいね。まるで君を独り占めしているみたいだよ」

「……独り占めならいつもしているじゃないですか」

それでなくとも、最近はべったりなのだ。『独り占め』なんて言われたところで今更としか思わない。

しかし、この体勢はなかなか窮屈……というか身動きが殆どできない。ヴィンスの身体に包まれているような感触は心地良いけれど、同時に支配されているような気にもなるのだ。

「ね、ちょっと、足を閉じてくれる？」

「え、こう、ですか？」

ヴィンスに言われ、少し開いていた足を閉じる。挿入された肉棒をキュッと締めつけたのが自分でも分かった。

「あ……」

「うん……これ、すごく締まるね。気持ちいい……」

ヴィンスが腰を動かし始める。いきなり深い場所を攻めるのではなく、まずは浅いピストン運動をされ、甘ったるい声が出た。

「んっ……気持ちいいっ……」

緩やかな快感が全身に広がって行く。激しい交わりも嫌いではないが、緩い快感に浸っている方が私は好きだった。

じわじわと気持ち良さが高まっていくのが堪らない。更に言うと、ヴィンスの身体の熱を背中に感じ、より一層気持ちが盛り上がるのだ。

「ほんと、これ、クセになりそう……ミーシャの中いつもより締めてくるんだもの。ね、もう少し深い場所を突いてもいい？」

「……はい」

柔らかな刺激に浸っているのも良かったが、それではヴィンスが満足できないのは知っている。了承を聞いた彼が、肉棒を膣奥へと押し込める。その感覚に思わず、腹に力を込めてしまう。

「あっ――……」

「あー、気持ちいい。やっぱり私はミーシャの中に全部埋めるのが好きだな。深い場所を虐められて快楽にとけるミーシャの顔を見るとゾクゾクするんだ」

「んっ、ヴィンスって……いじめっ子ですよね……」

「そう？　そんなことないよ。ただ、好きな子にはちょっかいを掛けたいタイプかもしれないね。私にしか見せない色んな顔が見たくなるから……まあ、しょうがないって諦めてくれる？」

「諦めるって……んっ」

チュ、とヴィンスが後ろから首筋にキスしてきた。そうして最奥まで挿入した肉棒を押し回してくる。グリグリと膣壁を擦るように動かされると、我慢できない愉悦に襲われた。

「あっ、んっ……んんっ」

「ここ、君の弱い場所だものね。いっぱい虐めてあげる」

「や……あ……ああ！」

楽しげな声が背後から聞こえる。太い肉棒がすっかり彼のカタチになってしまった隘路を掻き回した。膣奥を肉棒の切っ先が叩く。目の奥が弾けるようなパチパチとした快感が私を襲った。強弱緩急つけて肉棒が蜜壺を好き勝手に捏ね回す。気持ちよすぎて馬鹿になってしまいそうだ。襞肉が嬉しげに肉棒に纏わりついているのが分かる。男根を少し引かれるだけで膣壁が擦られ、新たな快楽を生み出していた。

ああ、駄目だ。これは、本当に馬鹿になる。

「あ、あ、あ……！」

あまりの快楽に身体を震わせる。口は勝手に甘ったるい声を上げ続けていた。ヴィンスの息づかいを背後に感じ、それにも反応してしまう。熱い息ってどうしてこんなにいやらしいのか。時折背中を舐められるのが、どうしようもなく気持ちいい。

達してしまう時のあの特有の感覚がやってくる。全身が熱くなり、溜まりに溜まったものが弾けそうになる、恐ろしくも甘美なあの感覚だ。

私がイきそうになったことに気づいたのか、ヴィンスが耳に息を吹きかけながら聞いてきた。

「イきたい？」

吐息と共に吐き出された言葉を聞き、頷いた。

「あ……イきたい……です」

「私としてはもう少しミーシャの乱れる様を見てからにしたいって思うんだけど」

言いながら、ヴィンスが肉棒を激しく抽挿させる。単純なピストン運動なのにどうしようもなく気持ちいい。だけど絶妙に私が一番感じる場所を避けられているせいで、イくことはできなかった。

「ヴィンス……やあ……そこ、違う……」

「わざとだからね。君が突いて欲しいところはここでしょう？」

「あああっ！」

弱い場所を肉棒の切っ先で抉られ、悲鳴のような嬌声が出た。あと、もう何回かその場所を刺激してもらえればイける。そう思うのに、彼はわざとその場所を外して抽挿を続ける。

「や……ヴィンス……お願いだから……イかせて……」

「んーでも、今日は一回で終わるって約束したからね。これで終わりだと、私は全然満足できないから、もう少し長引かせたいなって思うところなんだけど」

「え……」

「ほら、君がイってしまうと、私もイってしまうかもしれないでしょう？　それは避けたいから、しばらく君にはイかないようにしてもらおうかなって……」

「嘘……」

頭がクラクラする。自分がイきたくないからイかせない？　そんな酷いことがあっていいものか。私はもうすっかり限界なのだ。これ以上我慢させられるとか、想像するのも無理。

「や、嫌です……お願い、ヴィンス……イかせて……」

「やーだ」

「やあ……意地悪しないで」

懇願するも、彼は首を縦に振ってはくれない。それどころか、抽挿の速度を上げてきた。

「あっあっ、速いっ……」

「やっぱりもう少し楽しませてもらおうかな。一回しかできないんだから仕方ないよね」

「んんんっ……」

「これなら、三十分くらいは余裕で持つかな。イこうと思えばイけるけど、イきたくないし」

――嘘でしょう?

三十分もこのキツい責め苦が続くとか、普通に耐えられない。無理だと思った私は泣きそうになりながらヴィンスに訴えた。

「ヴィンス……お願い、します……。一回でなくていいから……だから、イかせて……もう、無理……」

こんな酷い目に遭うくらいなら、複数回付き合った方がマシだ。いつものヴィンスなら、私のタイミングで何度だってイかせてくれるし……それはそれでキツいのだが、少なくとも今よりはマシ。というか、多分ヴィンスの狙いはこれなのだろう。

一回と言わされたことが、不満だったのだ。私をなんとか陥落させてもう一回を強請ろうという魂胆なのは分かってはいたが、これは無理。

白旗を掲げ、全面降伏するより他はないというもの。

私の提案に、案の定ヴィンスは嬉しげに飛びついた。

「え、良いの？」

「……はい。だから……」

お願い、と息も絶え絶えに言うと、ヴィンスは上機嫌なのが一発で分かる声で言った。

「そういうことなら話は別。いいよ、たくさんイかせてあげる。うん、やっぱり恋人同士、互いに妥協は必要だよね」

「……」

どこの誰が妥協したと言うのだろう。

結果として自分の希望を完全に押し通した男が何か言っているぞと彼に揺さぶられながら思う。

だけど、ここは頷いておかないともっと酷い目に遭うと経験上理解していた私は、「そうですね」と心にもないことを言って、そのあと結局五回くらい付き合わされた。

◇◇◇

「ああ……また流されてしまったわ」

自室でソファにもたれ、項垂れる。

ヴィンスとの性交。その回数を減らしたいと思っているのは本当なのに、気づけば彼の希望通り抱かれる羽目になっている。

「今回こそは断れると思ったのに……！」

見事に失敗した。

別にイチャイチャするのはいい。私もヴィンスのことが好きだし、くっついたりキスしたりするのは幸せを感じられるからむしろ積極的に行いたいところだ。

エッチをするのも……気持ちいいし彼のことが好きだから構わない。だが何事も限度というものがあるのだ。

とはいえ、それは私の主観的な意見でしかない。客観的に判断すればどうなのだろうと思った私は、久しぶりに脳内アレクに相談してみた。

脳内アレク。一度、確立させてしまえばわりと簡単にいつでも呼び出せる。

言うなれば慣れだ。

便利だし、こう、かゆいところに手が届くような助言をくれる。最早私にはなくてはならぬ存在だった。いや、私なのだけれども。

その私専用の便利な相談窓口であるアレク、彼を脳内に呼び出した私は早速相談を持ちかけた。

『ねえ、最近、私とヴィンスの関係って爛れてるなって思うんだけど、どう思う？』

『どう思うも何も、爛れまくっているだろう。前にも言ったが、嫌なら嫌とはっきり意思表示をする必要があると思う。このままでは都合の良い女に成り下がるぞ』

『……嫌じゃないところが問題なんだけど』

『つける薬がないというのはこういうことを言うんだな』

「……え、そこまで？」

まさかの自分に冷たい言葉を吐かれ、ショックを受けた。

確かに自分でも、ちょっとこれはないなと思ってはいたが、脳内アレクにまで駄目出しされるとか終わっている。

『いやいや、仕方ないじゃない。好きなんだもの』

『君がヴィンスを好きだと自覚できたことは良いと思う。だが、流されすぎではないか？』

『……それはその通りだと思うけど……じゃあどうしたらいいのかしら』

『それこそ自分で考えるんだな。イチャイチャし続けたいのならそうすればいいし、嫌ならそれなりの策を講じるしかない。そういうことだ』

『……う』

『もう勝手にしてくれ』

アレクに匙を投げられるとか、大分末期ではあるまいか。

しかし彼の言うことはいちいち尤もだ。冷静に物事を判断できる素晴らしい男性。さすが私が長年掛けて作り上げたもう一人の私だ。

「……あ、そうだ」

アレクと話したおかげで、ひとつ、良いアイデアを思いついた。

私はこのところずっと『ミーシャ』としてヴィンスと接している。それはいつも彼とふたりきりで、男装する必要がなかったからなのだけれど、ここで一度初心に返ってみるというのは悪くないのではなかろうか。

具体的に言うと、男装を再開する。

そう、男装。つまりはアレクになるということ。

アレクとしてなら私もヴィンスに流されはしないだろうし、きっときっぱり断れる。

なんという名案。

折しも来週末、久しぶりに夜会に行く予定がある。城で主催されているもので、私はヴィンスの婚約者として出席する義務があるのだ。

彼に頼まれ、その日はドレス姿で行くつもりだったが、このままだと待っているのは、終わったあと、盛り上がった彼に朝まで抱かれるという最悪パターンに違いない。これを回避するためにも久々の男装というのは悪くないのではと思った。

「ええ……いけるわ」

己の出した案に大きく頷く。

ドレス姿を期待してくれているであろうヴィンスには申し訳ないけれど、私もこの爛れた生活をなんとかしたいのだ。

方針を決めた私は、早速来週末に着ていく燕尾服のチェックをすることにした。

◇◇◇

「……やはり男装はいい」

やってきた夜会当日。燕尾服を着込んだ私は、久々に令嬢たちに囲まれていた。

「まあ、今日はアレク様ですのね。てっきりミーシャ様がいらっしゃるものとばかり思っていましたわ」

「ミーシャの方が良かったかな？　私もたまには君たちに会いたいと思ったのだけれど」

笑顔で令嬢たちに答える。

久しぶりの男装姿はやはりしっくりくるし、そんな私に群がる女性たちは可愛いの一言だ。煌びやかに着飾った女性たちに囲まれる幸福に、私は自分が求めていたものはこれだったと改めて思っていた。

――最高。やはり男装は最高。

別にドレス姿が嫌になったわけでも、ヴィンスと付き合うことに嫌気が差したわけでもない。ただ、ここごそが自分の生きる場所と思ってしまったのだ。男性と付き合っているだけでは味わえない喜びや楽しみがここにはある。

具体的に言うと、女の子とイチャイチャできるのは最高ということである。

「君たちに会えない日々は辛かったよ。これからはまたこうして夜会に顔を出すつもりだから、私と話してくれると嬉しいな」

「私たちもアレク様とお話しできるのは嬉しいですから……それに、アレク様には相談にも乗ってもらいたいですし……」

「恋の話かな？　それなら任せてくれ。力になるよ」

柔らかな笑みを浮かべ、少し恥ずかしがる令嬢に告げる。

ヴィンスと知り合ってから、女の子たちの恋バナをめっきり聞けなくなっていたのだ。その日々がまた帰ってくるのなら、こんなに嬉しいことはない。

久々に私はアレクモード全開。ヴィンスが近くにいないのを良いことに、やりたい放題楽しんでいた。

令嬢のひとりが周囲を見回しながら聞いてくる。

「あの……本日は王家主催の夜会。ヴィンセント殿下はお見えになりませんの？　アレク様と一緒におられないというのがどうにも不自然に思えてしまって……」

「はは。実は彼は仕事が残っていてね。少し遅れると言っていた。多分、もう少ししたら来るんじゃないかな」

「そうだったのですか……。どうせなら、殿下とアレク様が並んでいるところが見たいなと思ったものですので。ふふ……おふたりが並ぶと壮観ですから」

「そうかな。私としては、君たちを独り占めできる今の方が楽しいけどね」

完全に調子に乗った台詞が出た。

ヴィンスがまだいないからと飛び出した言葉だ。だが悲しいくらいに本音でもあった。

だってヴィンスがいると、女の子たちと思う存分イチャつけない。ヴィンスが邪魔してくるからというのと、女の子たちが気を遣うせいだ。私としては気遣いなど要らないのだけれど、彼女たちからしてみればそういうわけにもいかないのだろう。

だが、今ならヴィンスはいない。彼がやってくるまでの短い時間だけれど、私の天下。

女の子たちを好きに侍らせ、楽しめる。なんという天国なのか。

そんな風に思っていたのがいけなかったのだろうか。私は自分の背後へ近づく存在に、全く気づけなかった。

「ミーシャ」

「ん？　この格好の時は、アレクと呼んでくれるかな。全く――」

声を掛けられ、反射的に言葉を返す。そうして振り返り……時が止まった。

「あ……」

私に声を掛けたのは、まさに今噂をしていたヴィンスだった。

彼は笑みを浮かべていたが……目が笑っていない。

——こ、怖い。

「ヴィ、ヴィンス。遅かったですね」

「うん。ちょっと面倒な案件があったから。で？　これは一体どういうことなのかな？　今日はドレスを着てくれるって話じゃなかった？」

「そ、それは……」

自分に非があると分かっているので強く出られない。視線を逸らす私の手首をヴィンスが握る。痛い。

「今日はすごく忙しくて、でも、君のドレス姿が見られると思って一生懸命頑張ったんだ。それが……ねえ？　君はドレスを着るどころかこうやって男装して、女の子たちを侍らせてデレデレしているんだから。ふふ、君の婚約者は一体誰だったのか、もう忘れちゃったのかな？　全く、良い度胸してるよね」

「わ、忘れるなんてそんな！」

慌てて首を横に振る。言い訳すらできなそうな雰囲気にタジタジだ。私の手首を掴む力が増す。とても痛かったが、文句を言える状況でないことだけは確かだ。

「ヴィンス、あの、あのですね」

「忘れてない。そう、それは良かった。でも、それなら婚約者との約束を無視して女の子たちを侍らせている今の状況がどうして起きたのか、賢い君なら説明できるよね？」

「……ひぃ」

冷や汗が背筋を流れる。

穏やかな口調の中にも彼がとても怒っていることが伝わってきて辛い。

男装で現れたら怒られるかもとは思った。だけどここまで怒りを露にされるとは想像していなかったのだ。これは間違いなく私のミスだ。

「す、すみません……」

「聞こえない。……まあいいや。今の気分じゃ、到底夜会なんて楽しめる気がしないし。……ミーシャ、行くよ」

「っ！」

グッと手首に力を込められ、顔を歪めた。

だが抵抗できない。できるはずもない。

ヴィンスが女の子たちに向かって言う。

「ごめんね。ちょっとミーシャと話すことができたから。彼女を返してもらえるかな？」

女の子たちもヴィンスの浮かべる表情を怖いと思ったのか、こくこくと高速で頷いていた。

「ありがとう。じゃあ、そういうことで。とりあえず私の部屋に行くよ。反論も異論も聞かない。分かったね？」

「わ、分かりました」

冷たい目を向けられ、観念して同意する。とてもではないが「夜会に出ないといけないのでは？」なんて言える雰囲気ではない。そうさせてしまったのは私だけれども。

「……」

夜会の会場を出て廊下を歩くヴィンスは無言だ。なんとなく話しかけるなというオーラを感じた私は口を噤み、黙って彼についていった。

手首は離してもらえていない。逃げるとでも疑われているのか……いや、単に連行されているだけなのだろう。

「入って」

ヴィンスに言われ、彼の部屋に入る。

婚約者になってからはよく訪ねるようになった彼の部屋だが、今日はどこか寒々しく見えた。今から怒られるとなれば、それも当たり前なのだろうけど。

「ミーシャ」

ソファに座るべきか、それともいっそ絨毯の上にでも座って反省の色でも見せるべきか真面目に考えていると、扉を閉めたヴィンスが私を呼んだ。

「はい」

できるだけ反省しているように見せるため、真摯に返事をする。ヴィンスの険のある瞳が少し緩んだ気がした。

「で？　君はどうして男装姿で夜会に現れたのかな？　少し前、約束したよね？　次の夜会はドレス姿で行くって。燕尾服を着ている君を見て、ものすごくガッカリしたんだけど」

「ええと、それは……」

「多分だけど、人前では言えない理由なんだよね？　だからこっちに移動したんだ。ここなら私以外誰も聞いていないからさっさと白状して。変な嘘は吐かないように。分かったね？」

「……はい」

すでに色々察せられているなと思いつつも殊勝に頷く。確かに彼の言う通り、男装で来た理由を、女の子たちの前では言いたくはなかった。

何せ理由が酷すぎる。

「……で？」

急かすように私を促すヴィンスに、観念した私は男装するに至った理由を告げた。

「いや……その、私いつもヴィンスに流されてしまうじゃないですか。だから、こっちのアレクモードならこう強く出られるというか、流されないで済むかな……と」

「流される？」

首をコテンと傾げるヴィンスに、私は真顔で頷いた。

「はい」

「流されるって……どういうこと？」

誤魔化した言い方をしたせいで、ヴィンスには上手く伝わらなかったようだ。どう説明しようと悩み、もう少し分かりやすく言うことにする。

「ええと、その……ほら、夜のアレな話です。寝室でするアレ……」

「ああ！　セックスの話？」

「あんまり堂々と言わないで下さい！　恥ずかしい！」

せっかく濁したのに台無しだった。

顔を赤くして反論すると、ヴィンスは不思議そうな顔をする。

「え？　何が恥ずかしいの？　ここには私と君しかいないのに？」

「そういう問題じゃないんですよ。ほら……その……こういうのって秘め事って言うじゃないですか」

「すでに肉体関係があるのに、今更すぎない？」

「生々しいから、肉体関係とか言わないで下さいよ」

ヴィンスにはちょっと情緒とかそういうものを理解して欲しい。それともこれは女性だけが感じることなのか。

分からないと思っていると、ヴィンスが言った。

「まあ、分かった。つまり君は、ドレス姿だと私に流されてセックスしてしまうから、それを防ぎたくて男装姿で夜会に挑んだと、そういうことかな？」

「……大体そんな感じで合ってます」

ぼかして欲しいと思う私の願いはあえなく散った。これ以上指摘しても無駄のようなので、もう言わないでおく。

とにかく今は、私の意思を理解してもらうことが大切なのだ。

じっとヴィンスを見る。彼はやっぱり首を傾げていた。

「ヴィンス？」

「え、いや……君の言いたいことは分かったけど、だからと言って、わざわざ男装する必要なんてあった？　私との約束を破ってまで。だってセックスするのは別に夜会のあとに限らないよね？　なんだったら昨日だって君の部屋でヤったし――」

「わあああああああ!!」

慌てて大声を上げた。私の部屋でヤったとか、そういう直接表現はお願いだから止めて欲しい。デリカシーの欠片もない表現に泣きそうになりながらも口を開く。

「だ、だからですよ！　ヴィンスと会う時って、今は殆どがドレス姿でしょう？　つまりはミーシャなんですよ。ミーシャな私はその……ヴィンスのことが好きすぎて、拒絶なんてできないも同然なんです。でも、最近どう考えても回数が多いじゃないですか。それをなんとかしたくて……こうなったら男装してアレクモードで強気に断るしかないなって……思った……んですけど」

段々言葉に勢いがなくなっていく。チラリとヴィンスを見ると、彼は本気で分からないという顔をしていた。

「回数？　そんな言うほど多いかな？　確か前も言っていたよね？」

「……はい」

「でもミーシャ、私しか知らないでしょう？　多い少ないなんて判断できないと思うけど」

「それが判断できてしまうほど、一度でする回数が多いって言ってるんですよ!!」

「そんなことないって」

笑って言うヴィンスだが、絶対に多すぎると思う。一度に五回、下手したら二桁なんて、普通ではないのだ。それに、それに、だ。

「流されて簡単にしてしまう、都合の良い女になんてなりたくないんですよ……」

ボソリと呟くと、今度こそヴィンスは驚いた顔をした。

「え？　都合の良い女？　君が？　どこが？」

「ヴィンスに流されまくって、どう見たって都合の良い女じゃないですか！」

「私に流されてくれるのは、私のことが好きだからじゃないの？」

「それはそうですけど！」

なんだか話が私の思う方向とは全然違う方へ流れている気がする。

どうしてこんなことにと思っていると、ヴィンスがじっと私を見つめてきた。

「ヴィンス？」

「じゃあ、試してみる？」

「へ？　試す？　何をですか？」

怪訝な顔をしてヴィンスを見つめる。彼はにっこりと笑うと私を寝室へ連れて行った。

寝室……この流れは拙い。

「あ、あの、ヴィンス……どうして寝室に。ええと、話なら居室でできるのでは……？」

「ん？　君がソファの上で抱かれたいって言うのならそれはそれで構わないけど……身体が痛くなると思うよ？」

「そうではなく！　大体、なんで抱く抱かないの話になっているんですか！」

「え？　試そうって言ったじゃないか」

「だからなんの話です!?」

「こういうこと」

「わっ……」

ポンッと背中を押され、目の前にあったベッドの上にダイブする。ボフッという音がして、ベッドに埋まった私は身体を起こし、ヴィンスに言った。

「だから！　一体なんなんですか、急に！」

「へえ？　まだ分からないんだ？」

「へっ……」

ヴィンスが上着を脱ぎ捨て、ベッドの上に片膝を乗せる。ギシッと軋む音が、何故か恐怖を誘った。思わず後ずさる。

「ヴィ、ヴィンス？」

「男装姿だったら、私に流されないって言うんでしょう？　そのためにわざわざドレスを着る約束まで破ったわけだし。だから、試してあげようって言ってるんだよ。本当に、私に流されないのか。……ね？」

「ひっ」

笑みを向けられたが、今まで見たヴィンスのどんな表情よりも怖かった。そこでようやく気がつく。

ヴィンスが酷く怒っているということに。

「あ、あの……」

「今の君は男装しているわけだから、さぞ上手く断ってくれるのだろうね？　もちろん、私の方に引く気はないわけだけど」

「ひいっ……」

金色の瞳が獲物を前にした獣のようにギラついている。ヴィンスがゆっくりとベッドに乗り上げ、私の方に近づいてきた。恐怖に駆られ、逃げようとするも叶わない。あっさりと捕まり、手首を摑まれ、押し倒されてしまった。

「あっ……」

「と、まずは簡単に捕まえることができたわけだけど」

「んっ……ちょ……」

服の上から胸を触られた。布で押し潰しているのでそこは殆ど平らになっている。

ヴィンスが面白くなさそうに言った。

「前から思っていたんだけど、どうして胸がないの」

「胸がないのは……その、元からで」

「私がそういう意味で言っていないの、分かってるよね？」

「布を巻いているんです。申し訳ありません」

ヴィンスの声があまりにも怖くて、秒で白状した。ヴィンスがジャケットは脱がせず、タイを解き始める。

「え、え、え……」

「ドレスを乱す方が楽しいんだけど、まあ、たまにはこういう趣向も悪くないかな」

「ひぃいいい」

実に手際よくタイが抜き取られ、ぽーいと雑に投げ捨てられた。ウェストコートとシャツのボタンも躊躇なく外されていく。

「ヴィ、ヴィンス？」

「うわっ……本当に布で胸を潰してる。ねえ、こういうのって身体に良くないんじゃないの？」

「えっと……今まで特に気にしたことはないですけど……」

確かに最初は苦しかったが、今はなんとも思わない。正直に告げると、ヴィンスは「止めなよ。もう少し考えた方がいいと思う」と言いながら布を外し始める。

「あ、あの……」

「ええ？　これ、何重に巻いてるの……。あ、でも緩めれば意外とあっさり外れるか……」

あまりにも呆気なく胸に巻いていた布が解ける。呆然とする私にヴィンスが言った。

「それで？　ずっと見てるだけだけど、君は私を止めなくていいの？　アレクなら私に流されない。だからわざわざ男装してきたんだよね？」

「あ……」

「すっかりいつものミーシャみたいだけど。私の為すがままに脱がされてさ。私としては可愛い恋人に抵抗なんてされたくないし、こうして素直に身を任せてくれる方が嬉しいから構わないけど、君の趣旨に反するんじゃない？」

「趣旨……」

「断る口実にするつもりだったんでしょって話」

そうだ。そういえば、そういう話だった。

まさか男装してこんな展開になると思っていなかったので、完全に頭がストップしていた。というか、ある意味いつも通りの展開すぎて、抵抗とかそういう概念自体頭から飛んでいたような気がする。

ようやくそこに思い至った私は、そうだ、今こそヴィンスを止めなければと彼に言った。

「ヴィ、ヴィンス……その……今日はできれば止めていただければ……」

「却下」

「え？　じゃ、じゃあ……こういう格好の時には抱かれたくないので、遠慮して欲しいなって……」

「ねえ、ミーシャ。巫山戯てるの？」

思考が上手く働かない中、なんとか断りの言葉を紡ぐも、実にあっさりと拒絶されてしまった。そうして呆れたように私を見てくる。

「君、気づいてる？　ある意味、ミーシャの時より雑な断り方してるって。君、これで本当に私に流されないつもりだったの？　冗談でしょう？」

「う……」

「普通に考えれば分かると思うけどね。私相手に『アレク』でいられるはずがないでしょう。だって君は私の可愛い恋人で婚約者。違う？」

「ち、違いません」

「そういうこと。じゃ、これで分かったよね？　男装しようがドレス姿だろうが何も変わらないって」

「そ……そう、ですね」

否定したいところだったが、今現在いいようにされているので言い返せない。ヴィンスが腰のベルトに手を掛けた。

「ヴィ、ヴィンス!?」

「何？　まだ何かあるわけ？　いい加減諦めてくれないかな」

「あ、諦めるも何も……そ、その……本当にこのままする……んですか？」

己の格好を改めて見下ろす。

ジャケットは羽織ったまま。ウェストコートとシャツはボタンを全部外され、胸を潰していた布は取られた。更にスラックスに手を掛けられ、今にも脱がされそうな様相だ。いや、脱がされた。

下着も一緒に剝ぎ取られ、自分の情けない格好に涙が出そうである。

「……さ、さすがにこれは恥ずかしいんですけど」

下手をすれば全裸よりも羞恥を誘う。何かの特殊プレイをしているみたいではないか。

だが、私の抗議を聞いたヴィンスは、心外だという顔で私を睨みつけてくる。

「君がこの格好を選んだのに？」

「……」

「私はドレス姿の君を乱す予定だったんだけどね？」

「あう……」

それを言われると、約束を破った当人としては何も言い返せない。

やっぱり夜会が終わったあとは連れ込む気だったんじゃないかとか、色々言いたいことはあったが、そもそも最初に約束を違えたのは私だ。

口を噤むしかない私にヴィンスが言う。

「お願いだから口を閉じて。私はこれでも結構怒っているんだ。酷くされたくないなら大人しくしている方が身のためだと思うな」

「……ハイ」

怒っているのは知っている。だってまだ、目が怖いから。

現在進行形で全く許されていないことを、そのオーラからヒシヒシと感じていた私は全部諦めて、降参するしかなかった。

自業自得とはこういうことを言うのだ。

◇◇◇

「ひっ……んんっ……」

ヴィンスの舌が私の身体を這う。

お怒りだった彼は、ある意味予想通りと言おうか、普通に行為に及んではくれなかった。

彼が行ったのはひたすら私を焦らし、何をして欲しいのか全て強請らせるというとても性格の悪いプレイ。こちらが恥ずかしがって何も言えないと、一向に進まないという地獄のような仕様である。

「で？　ミーシャは、次はどこを触って欲しいのかな？」

「……」

「言わないなら、このままだよ？　君に視姦されたいって趣味があるのなら別だけど……この格好のまま放っておかれるのも嫌じゃない？」

「うう」

「男装姿って、中途半端に脱がせるとすごくエロいよね。なんだかイケナイことをしている気分になるな」

意地悪く笑われ、顔が赤くなる。イケナイことだと思うのなら止めて欲しい。

ジャケットとウェストコート、シャツだって着たままなのにスラックスは脱がされているという格好で放置とか酷すぎると思うのだ。

「ヴィ、ヴィンス、意地悪しないで下さい」

「意地悪？　違うよ、これはお仕置きかな」

楽しげな声音で言われ、項垂れた。

基本、私とヴィンスの性交は彼主導で行われる。私は常に受け身で、彼にされるがままというのが殆ど。

たまに『挿れて欲しい』とか、『イかせて欲しい』みたいなお強請りは快楽に負けて口にしたりするけれども、それも無理に言わされているわけではない。自然と言葉にしてしまうだけ。今回みたいな『して欲しいことを言え』みたいなプレイなんて、当たり前だがしたことがなかったのだ。

それがいきなり、どこをどうして欲しいか言え？　凄まじい羞恥プレイに涙が出そうだ。というか、出た。

「ヴィンス……私が悪かったです。心から謝りますから、だからお仕置きとか勘弁して下さい……。いつもの……いつもの普通のプレイでお願いします」

したくないとは言わない。ヴィンスとの行為を厭っているわけではないからだ。ただ、回数とか頻度とかそういうものをなんとかしたかっただけで……今回のことでそれも全部諦めたので、もう許して欲しいというのが私の正直な気持ちだった。

「もう馬鹿なことは考えません。その……無駄だと悟りましたので」

「そこに気づいてくれたのは褒めてあげるけど、ちょっと遅かったかな？　まあ、もうくだらないことをしないって約束するなら……あんまり虐めないであげるよ。私だって君とは楽しく交わりたいんだから」

「や、約束します！」

差し出された救いの手を慌てて摑んだ。何度もコクコクと首を縦に振る私を見て、ヴィンスがちょっと笑う。

「そこまで必死になる？」

「なりますよ……で、許してくれるんですか？」

「うん。でも何もなしで許すっていうのは私も腹の虫が治まらないから……少しは意地悪させてもらうね。ということで、続き。ミーシャ、君は次、どこを触ってもらいたい？」

「……」

どうやらある程度、彼の望むプレイに付き合わなければならないようだと気づき、天を仰いだ。ヴィンスは笑顔で私の答えを待っている。……私が何か言うまで絶対に動かないぞという気概を感じ、絶望した。

「ミーシャ、ほら」

「……」

「言わないといつまで経っても終わらないよ。でも、一回エッチしたら許してあげるから。ね？」

「え、最後までしないと駄目ですか」

「それは当然かな」

はっきりと頷かれ、私は泣く泣く覚悟を決めた。

これ以上はどう交渉しようと、ヴィンスは譲ってはくれないだろう。それが分かったからだ。私にできることは、さっさと彼の言う通りのお仕置きを終えること。それしかない。

恥ずかしがっていればいるだけ、お仕置きの時間は延びるのだ。

「……わ、分かりました。そ、それでは……」

「うん。どこがいい？」

「……そ、その……キス、して欲しいです……まだ、今日はしてもらってない、ので」

さっさと終わらせるという意味では、挿入を強請れば良いのかもしれないけれど、やはりいきなりというのは怖いし、性感帯を触って欲しいと告げるのも恥ずかしかった。言わないと最終的には終わらないというのは分かっているが、段階を踏みたい。そう思ったのだ。

キスして欲しいという私の言葉に、ヴィンスは呆気にとられたような顔をしたが、困ったように微笑んだ。

「そこでキス、なんだ。ある意味君らしいって思うけど……うん、いいよ。キスだね。じゃ、どこにどんなキスをして欲しいのか言ってごらん？」

——そこも要求してくるんだ……！

逐一、細かく尋ねてくるヴィンスに、再び天を仰いだ。ここで唇を触れ合わせるキスを強請ったところで、ぱっと触れてハイ終わり。次は？　になるのは目に見えている。

ヴィンスのやり口を正確に理解していた私は、ある種の諦めをもって彼に言った。

「……く、口に……し、舌を絡めるキスを……して欲しいです」

恥ずかしすぎて、茹で上がりそうな心地だ。きっと全身真っ赤になっているだろう。泣きそうになりながらもヴィンスを見る。彼は私を凝視していた。

「え、ヴィンス？」

「え、何。ミーシャ、可愛すぎるんだけど……。顔を真っ赤にしてもじもじしながらエッチなキスをお強請りしてくるミーシャとか……え、勃った。これ以上ないほど勃ったんだけど。興奮しすぎてすごく痛い」

「……」

全く聞きたくなかった言葉を聞かされ、熱くなった顔の温度がすんっと下がった気がした。

なんとも言えない顔をする私にヴィンスが顔を近づけてくる。

「じゃあ、ミーシャのお願い通り、いっぱいキスしようか。エッチな舌を絡めるキス。……あー、本当、今すぐ中に挿れたいんだけど」

我慢我慢、という呟きが聞こえ、唇が塞がれた。ちゅ、ちゅ、と角度を変え、数度口づけられたあと、舌が侵入してくる。肉厚な舌はゆっくりと口内を刺激していった。舌の先で歯列をなぞられ、ゾクゾクする。

「んっ……んんっ……」

舌同士を擦り合わせる淫らなキスに頭の奥が痺れてくる。ヴィンスがふと、裸の胸に触れた……と思うとすぐに離してしまう。

「え……」

触れられた感触は心地良くもっと強くして欲しいと思ったのに、唐突に離されてしまい、不満の声が出る。

「ど、どうして止めちゃうんですか……?」

「え、だってお強請りされていないから。つい癖で触っちゃったんだけど、これじゃあ駄目だなと思って」

「……」

がーんという音が頭の中に響いた気がした。

え、こういう些細な触れ合いすら、私がいちいち強請らなければしてもらえないのか。それはあまりにも酷すぎないか。

「……ヴィンス」

「そんな顔しないの」

「だって……気持ちよかったのに」

「触って欲しかったの？」

「……はい」

首を縦に振る。うるうると彼を見つめると、彼は「あー」「うー」と意味を成さない声を上げた。そうして「ああもう！」と大声を出して両手を挙げる。

「分かった、分かったよ！　もう私の負けでいい！　お仕置きは止め！」

「え……」

自らの頭をグシャグシャと掻きむしるヴィンスを呆然と見つめる。彼ははーっと特大のため息を吐き眉を下げた。

「……ミーシャの勝ちってこと。あのね、私は本当に今の今まで怒っていたんだよ。許すつもりはもちろんあったけど、それなりのことをしてもらわないとって思ってた」

「は……はい……」

ヴィンスの怒りの根深さに震える。彼の話を聞きながら、私は今後、どんな些細なことでも絶対に彼を裏切るような真似はしないでおこうと心に誓った。ドレスを着るという約束を破っただけでこれなのだ。もっと怒らせたらとか、考えたくもない。

「そ、その件に関しましては本当に申し訳なく……」

「だからもう良いって。大体、私が君に勝てるはずなかったんだ。恋愛なんてものは往々にして先に惚れた方が負けというからね。本当、思い知らされたよ。私がどれだけ君に惚れてるかってさ。どんな理由であっても君の悲しそうな顔は見たくないし、可愛い顔には勝てないんだ。なんでもしてあげたくなってしまう」

「え、いや、私も大概あなたに惚れていると思いますけど」

まるで自分の方が好きであるかのような言い方に、つい口を挟んでしまう。

「そう？」

「ええ。甚だ不本意ですが、ベタ惚れですね」

結局なんやかんや言いつつも、ヴィンスに付き合っているのは、彼のことが好きだから。それしかない。そりゃあ、アレクだって勝手にしろと匙を投げるわけだ。

「そうなんだ」

「ええ」

苦虫を噛み潰したような顔で頷くと、ヴィンスは何が楽しいのかクスクスと笑った。そうして口を開く。

「じゃ、やっぱりこれ以上意地悪しても意味はないよね。君から嬉しい言葉を聞けたのもだけど、言った通り、私は君に勝てないんだから。だから、ここからはいつも通り愛し合おう?」

「……はい」

裏のない笑顔を向けられ、心底ホッとした。思わず手を伸ばす。彼は私の手を摑むと、手のひらに口づけた。

「愛してるよ、ミーシャ。でも……二度と今回みたいな真似はしないでね?」

「二度としません」

でも、のところの声が酷く低いことに気づき、即答した。

許してはもらえたけど、二度はない。そういうことだと理解したのだ。

――うん。もうやらない。

羞恥でのたうち回りたくなるような意地悪なエッチをされるのは嫌だし、そもそも今回、私の浅はかな考えが全て悪かったのだ。

私が真剣に謝ったのが分かったのか、ヴィンスは微かに微笑んでくれた。

「うん。分かってくれたのならいい。じゃ、問題も解決したことだし、今からはいつもの恋人同士のイチャイチャエッチをしようね。あ、できればその格好のまましたいんだけど、いいかな？　男装姿を乱しながらするのって、意外といいなって思ったんだよね」

「……あ、はい、お好きにどうぞ」

変なプレイをされないのなら、もうなんでも良い。それにこれは仲直りエッチなのだ。私も反省しているし、多少の我が儘は聞いてあげるべきだろうと思っていた。

「その……今日はヴィンスが満足するまでお付き合いします」

今の私にできることはこれくらいしかない。色んな意味で覚悟を決めた私にヴィンスは「嬉しいよ」と輝くような笑みを向けてきた。

◇◇◇

「ひっ、んん……ああ……」

「ああ、気持ちいいね」

「んんっ……」

尻を両手で持ち、揺さぶられる。私はヴィンスの首に両手を巻きつけ、甘い声で喘いでいた。

胡座を掻いたヴィンスの上に私が跨がる体勢。いわゆる、対面座位という体位だ。

これも結構恥ずかしかったのだが、どこを触って欲しいとかいちいち言わなければいけないプレイに比べれば全然マシ。

最初に絶対に無理と思うことを強請られたあと、少し難易度が下がった提案をされればわりあい受け入れられやすいという話を以前どこかで聞いたが、これは本当だと思う。

ヴィンスのお強請りに負け、結局彼の肉棒の上に自分から腰を落としたのだから。

自重で肉棒が奥まで埋まり、圧迫感に息が漏れる。腰を前後に揺さぶられれば、勝手に声が出た。

「あっ、んっ、んっ、んっ……ああっ」

私の腰を動かすだけでなく、自らも肉棒を突き上げてくるヴィンス。硬く滾った屹立は鋭く私の中を抉っていく。私ははだけたジャケットとウェストコート、そしてシャツというなんとも情けない格好で彼にしがみつき、悩ましく身を捩るより他はなかった。

「あ、んっ、気持ちいい……」

肉棒が膣壁を擦り上げていくたびに、ゾクゾクする。彼を抱きしめる力が勝手に強くなった。

結局ヴィンスはジャケットを脱いだだけで、肌を晒すことはなかった。スラックスも脱いでいない。少し寛げ、肉棒を引き摺り出しただけ。

私はこんな恥ずかしい格好をしているというのにと不満に思ったが、実は全部脱いでしまうよりもいやらしい……というか、興奮するなと気づいたので、指摘するのは止めた。

膨らんだ肉棒が膣奥をノックするのが堪らなく気持ちよくて、息がどんどん荒くなる。

「んっ、あっ、あ……」

「ミーシャ、可愛い……。ほら、キスしよう?」

「は……い」

顔を寄せられ、その行為に応える。互いに舌を絡め合い、唾液を啜る淫らなキスに気持ちが更に昂ぶる。尻を摑んでいたヴィンスの手が曝け出された乳房に移った。

膨らみを覆うように持ち、人差し指でその先を刺激する。コリコリと先端を擽られ、ギュッと中に埋められた肉棒を締め上げた。

「んんっ」

「んっ……ちょっと、締めすぎだってば……」

「だって……んっ、ヴィンスが悪戯するから……あんっ」

乳首を指で弾かれ、淫らな声が出る。蜜壺を肉棒で攻められながら胸を弄られるのは気持ちよく、腹の奥がキュンキュンと収縮を繰り返す。

「あっ、んっ……んんっ……」

ヴィンスが乳房を下から持ち上げ、尖りきった先を口に含んだ。指とはまた違う気持ち良さに思わず仰け反った。

「あああっ」

ジュッと先端を強く啜られ、悲鳴のような嬌声が上がる。同時に襞肉が蠢き、肉棒を圧搾した。その肉棒が反抗するように膨らみを増す。中で大きくなったのが分かり、抗議した。

「ひゃっ……ヴィンス。これ以上大きくしないで下さい」

「君が可愛く反応してくれるからでしょう。私のせいじゃないよ」

「だ、だって……ヴィンスが気持ちいいことばっかりするから……」

身体が彼の愛撫に反応してしまうのだ。それは無意識で、自分の意思で制御できるものではない。

「ヴィンスのが大っきくて……中、いっぱいなんです……んんっ」

ゆさゆさと揺さぶられながら文句を言うと、ヴィンスは面白がるように更に動きを速めてきた。切っ先の当たる場所が変わり、新たな愉悦が広がって行く。その心地よさに、また、肉棒を締めつけてしまう。

「あっ、また……んんっ、気持ちいいっ……」

「気持ちいいなら良いじゃないか。私もすごく気持ちいいし。ミーシャの中って奥がざら

ついていて、その場所に当てるとすぐにイきそうになるんだよね。もう本当、いくらでもできるって思うよ」

「いくらでもなんて……んっ、駄目です……」

強い抽挿に翻弄されつつ、彼の肩を握る。ブルブルと覚えのある感覚が迫り上がってきた。

「ア、ア、ア……」

「あ、中、うねり始めた。そろそろイきそう？」

「……っ」

なんとか首を縦に振る。ヴィンスが熱い息を零しながら私を見つめた。金色の瞳には欲と熱が煙っている。私を欲しいと思ってくれているのが分かる彼のその目が私はとても好きだった。なんだか胸がいっぱいになり、その気持ちを言葉にして吐き出す。

「ヴィンス……好き、です」

「私も君を愛しているよ。私が生涯愛する女性はミーシャだけだ」

閨での言葉なんて信用するなという話があるのは知っているが、ヴィンスが本気で言ってくれているのが分かり、嬉しかった。

ヴィンスが私を後ろに倒す。正常位の体位になったと思った次の瞬間、ヴィンスの抽挿が強くなった。

「あっあっあっあっ……！」

両手をベッドに突き、ガンガンに腰を打ちつけてくる。あまりの激しさに、絶頂感が勢いよく全身を巡り始めた。

「あっ、ヴィンス……私、もう……」

「私もイきそうだ。……ミーシャ、愛してるよ」

「んっ……！」

イく、と思うとほぼ同時に、肉棒が膣奥に押しつけられ、熱い飛沫が流し込まれた。深い衝撃にビクンビクンと全身が震える。

「あ……」

達した余韻に深い息を吐く。肉棒はまだ白濁を吐き出し続けていた。その感覚が気持ちよくて感じ入ってしまう。なんとも言えない幸福感に私は全身で浸っていた。

「……ん……幸せ……」

「私もだよ、ミーシャ」

「ん、ふふ……」

事後の甘い雰囲気に口元が綻ぶ。

ちゅ、ちゅ、とヴィンスが私の顔中に口づけていく。それを笑みを浮かべ受け止めていると、白濁を吐き出したばかりの肉棒がムクムクと大きくなっていくのが分かった。

「あ……」

「ん、じゃあ、二回目をしようね」

「……え」

——もう？

もう少しくらい余韻に浸っていたかったのだが、どうやらそれは許されないらしい。

ヴィンスはやる気満々で私を見つめているし、してもいいと許可を出した手前、待ってくれとも言いにくい。

「……ええと、あの……はい」

少し考えはしたが、結局私は頷いた。

いつもそうなのだが、ヴィンスのそういうお強請りに勝てた試しがないのだ。甘い声音で「もう一回」を強請られると、「はい」としか言えない。

つまり、だから彼との行為の回数が多くなるのだけれど。

『だから言っただろう？　相談しても無意味だって』

脳内アレクの呆れた声が聞こえたような気がした。

その声に私はなるほどなあととても納得しつつ、これこそが惚れた弱みなのだなと思い、再び彼との行為に溺れていった。

# 終　章　自覚はしていなかったけど、夢だったみたい

ヴィンスに男装姿を乱され、散々啼かされた例の夜会から、半年ほどが過ぎた。

あの日から男装はしていない。彼に禁止されたわけでもない。

男装しようかなと思っても、あの夜のことを思い出してしまい、恥ずかしすぎて身悶えるからだ。もう少し時間が経てば、多少は記憶も色褪せていくだろう。その時まで男装は封印かなと考えていた。

もちろん、男装自体を止めるつもりは毛頭ない。最早これは、私の一部みたいなものだからだ。

◇◇◇

「よくお似合いですわ」

「ああでも、もう少しウエストを詰めた方が良いかもしれません。その方がドレスが映えますから！」

「いいえ、もっと大胆なネックレスを用意した方が……！　ミーシャ様はどういうスタイルがお好きですか？」

「……特に希望はないから、好きにしてくれていいわ」

お針子や女官たちに囲まれ、彼女たちの着せ替え人形となった私は、遠い目をしながら言った。

今日は、いよいよ来週に迫った結婚式の衣装合わせ。城へとやってきた私は朝から籠もりきりで、彼女たちに付き合っていたのだ。

今は昼過ぎで、すでに体力は限界。だけど鏡に映ったウェディングドレス姿の自分を見ると、自然と顔がにやけてしまう。

――ウェディングドレスかあ。

この日のために用意されたドレスは、細身のマーメイドラインが美しい、レースがふんだんに使われたものだった。可愛いというより綺麗というデザインは非常に私好み。かなり腰のラインを絞っているので、式まで一切太れないという恐怖はあるが、絶対に美しく着こなしてみせると決意していた。

化粧を施された己の姿を再度鏡越しに見つめる。

まさか自分が花嫁衣装を纏う日が来るとは思わなかった。

そして、今まで全く気づかなかった己の隠された望みに気づき、苦笑した。

驚いたことにどうやら私はウェディングドレスに憧れがあったようなのだ。アレクとして男装して女の子たちとイチャイチャしたいという望みも本心だったけど、その奥に私は更なる本音を隠していたらしい。

好きな人と結婚式がしたいし、その際にはウェディングドレスが着たいと、どうやらそんな風に思っていた。

——今更気づくなんてびっくりよね。

我ながら鈍すぎである。

だけど、この今感じている浮き立つ気持ちが全ての証拠。私は間違いなくヴィンスとの結婚を、彼のためにウェディングドレスを纏うことを喜んでいるのだ。

「……もしかして、まだやってる？」

自分の本心に遅まきながらも気がついた恥ずかしさに身悶えていると、ヴィンスの声が扉の外から聞こえてきた。

私が今日、衣装合わせをしていることは当然彼も知っている。午前中から行っていたから、そろそろ良いかと様子を見にきてくれたのだろう。

「どうぞ」

返事をすると、彼が中へと入ってきた。婚姻前に花婿が花嫁衣装を見てはいけないという決まりがあるわけでもないので、女官たちも気にしない。彼は私を見ると、目を丸くした。

「ミーシャ、すごく綺麗だ。え、嘘。こんな綺麗な女性が私の奥さんになってくれるの？　もしかして私、白昼夢を見てたりする？」

ちょっと大袈裟なくらいの褒め言葉。だけど今は素直に受け止めたいと思う。

「ありがとうございます。ふふ、実は私、花嫁衣装を着たかったみたいなんです。だから夢が叶ったなって今、思っていました」

先ほど気づいた事実を告げる。ヴィンスは「そうなんだ」と真剣な顔をしつつも口を開いた。

「でもごめん。君には悪いけど、私は今、少し後悔してるんだ」

「え、後悔？」

なんの話だ。

首を傾げる私に、ヴィンスが言う。

「こんなに綺麗な君を誰にも見せたくないなって。来週の結婚式で君を見た男が全員君に見惚れる姿が簡単に想像できるんだけど。正直言って、すごく嫌だ」

「は？　いや、何を言ってるんですか。大体、私のドレス姿なら、夜会でもすでにお披露目しているでしょう。今更、それがウェディングドレスに変わったところで、皆、なんとも思いませんよ」

惚れた欲目としてもさすがにあり得ない。眉を寄せ、ないと首を横に振ると、ヴィンスが勢いよく否定してきた。

「そんなわけないよ！　だって今の君、女神のように綺麗だからね？　いや、いっそ自慢すれば……駄目だ。今回ばかりはそんな風に思えない。ああ、どうしよう。挙式の最中、皆が私の君を視姦したりなんてしたら。……ねえ、今想像しただけでムカついたんだけど、全員殴り倒していいかな」

「駄目ですね。そして、視姦とか言い方がいやらしいです」

「ああもう、本当に嫌だ。結婚式なんかしたくない。いや、君が喜んでくれているって知ったからには、絶対に決行するしかないわけだけど……ああああああ！　そうだ！　男を呼ばなければ良いんだ。なんて名案。それしかない」

「……何を言ってるんですか。駄目に決まっているでしょう」

あまりにも馬鹿らしいことを本気で言っているらしいヴィンスに呆れるしかない。

だけど同時に、そこまで思ってくれる彼に対し、嬉しいという気持ちがあることも気づいていた。

彼に愛されて、私は幸せだ。それだけは間違いない。

「本当にヴィンスは仕方のない人ですね」

クスクスと笑う。ヴィンスが私を抱きしめる。そうして耳元で囁いた。

「そうなんだ。私は仕方のない男なんだ。独占欲が強くてごめんね？　でも……ああ、そうだね。これからも君は男装し続けるといいと思うよ。ドレス姿はたまにでいい。毎回なんて勿体ないから」

「そうなんですか？　私としてはありがたい話ですけど……」

基本、ドレス姿を見たいと強請るのはヴィンスなので、男装を許してくれるのは嬉しいが、どうしてそんなことを言い出したのかと思ってしまう。

首を傾げる私に、ヴィンスは見惚れるような笑みを浮かべ、こう言った。

「私が言いたいのはね、君は私の前でだけ女であれば良いって、つまりはそういうことなんだよ」

「～～！」

甘く囁かれた独占欲の塊のような言葉に、私は真っ赤になって撃沈した。

# あとがき

こんにちは、本作を手に取って下さってありがとうございます。月神《つきがみ》サキです。お楽しみいただけましたでしょうか。私は書いていてすごく楽しかったです。

主役ふたりのやり取りとか、ああ、やっぱり私はこういうノリが好きだなと改めて思いました。

重い理由があるわけでもなく、ただ趣味で男装しているだけの公爵令嬢。そんな彼女に惚れて、振り回されてる王子様。

登場人物も最低限に絞り、ふたりにスポットを当てました。

月神にしてはRシーンに入るのが少し遅いですが、このふたりならこんな感じかなと。なにせ、アレクが邪魔をするので（笑）。

プロットを書いた時に突如として出てきた『脳内アレク』。意味が分からなすぎて、ひとりで大笑いしていました。そのまま突き進みましたが、皆様にも笑っていただければ幸いです。

今回も軽い気持ちで読んでいただける話となっていますので、ちょっと気持ちが沈んだ時とか、現実逃避したいなという時に是非ご利用下さいね。

さて、今回のイラストレーター様は、堤《つつみ》先生です。

担当様から、お願いしてみたい方はいますかと聞かれ、駄目元で頼んでみました。先生のイラストを是非、自作品で見たかったのですよね。夢が叶い、とても嬉しいです。

堤先生、お忙しい中本当にありがとうございました。


最後になりましたが、この作品に関わって下さった全ての皆様に感謝を込めて。

また次の作品でお会いできますように。

今後も月神は、楽しく甘々気分を味わえる作品を皆様にお届けしていきますよ！

ではでは、どうぞよろしくお願いいたします。

二〇二一年十一月　月神サキ　拝

# 愛《あい》が重《おも》いです、王子様《おうじさま》！

ティアラ文庫をお買いあげいただき、ありがとうございます。
この作品を読んでのご意見･ご感想をお待ちしております。

✦ファンレターの宛先✦
〒102-0072　東京都千代田区飯田橋3-3-1
プランタン出版　ティアラ文庫編集部気付
月神サキ先生係／堤先生係

ティアラ文庫&オパール文庫Webサイト『L'ecrin《レクラン》』
https://www.l-ecrin.jp/

---


著者――月神サキ（つきがみ さき）
挿絵――堤（つつみ）
発行――プランタン出版
発売――フランス書院
〒102-0072　東京都千代田区飯田橋3-3-1
電話（営業）03-5226-5744
（編集）03-5226-5742
印刷――誠宏印刷
製本――若林製本工場

ISBN978-4-8296-6948-8 C0193

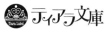

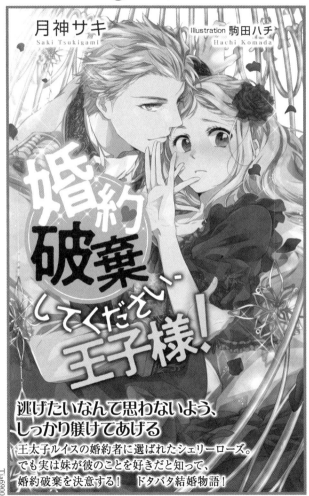